長編超《スーパー》伝奇小説
魔界都市ブルース

菊地秀行《きくちひでゆき》

屍皇帝《しこうてい》

NON NOVEL

祥伝社

c o n t e n t s

カバー＆本文イラスト／末弥　純
装幀／かとうみつひこ

二十世紀末九月十三日金曜日、午前三時ちょうど——。マグニチュード八・五を超《こ》す直下型の巨大地震が新宿区を襲った。死者の数、四万五〇〇〇。街は瓦礫《がれき》と化し、新宿は壊滅《かいめつ》。そして、区の外縁には幅二〇〇メートル、深さ五十数キロに達する奇怪な〈亀裂〉が生じた。新宿区以外には微震さえ感じさせなかったこの地震は、後に〈魔震《デビル・クエイク》〉と名付けられる。

以後、〈亀裂〉によって〈区外〉と隔絶《かくぜつ》された〈新宿〉は急速な復興を遂《と》げるが、その街を産み出したものが〈魔震〉ならば、産み落とされた〈新宿〉はかつての新宿であるはずがなかった。早稲田《わせだ》、西新宿、四谷《よつや》、その三カ所だけに設《もう》けられたゲートからしか出入りが許されぬ悪鬼妖物がひしめく魔境——人は、それを〈魔界都市“新宿”〉と呼ぶ。

そして、この街は、哀しみを背負って訪れる者たちと、彼らを捜《さが》し求める人々との物語を紡《つむ》ぎつづけていく。あらゆるものを切断する不可視の糸を手に、魔性《ましょう》の闇を行く美しき人捜し屋《マン・サーチャー》——秋《あき》せつらを語り手に。

第一章　奪魂の妖画家

1

夏も近いというのに、このひと月以上、鉛《なまり》色の雲が〈新宿〉を嘲笑《あざわら》っていた。

昏《くら》い。〈新宿〉の色彩感は、こんな時、このひとことで表現される。

闇ではない。

何も残さず人を吸い込みはしない。

だが、昏い。

例えば――写真に撮《と》られた死者のように。

救いを求める声を聴《き》きながら、永久に何もできない家族のように。

或《ある》いは――

春の陽光の下で、生命《いのち》溢《あふ》れる万物《ばんぶつ》を描いても、死と腐敗が完成してしまう画家のように。

もう一例を上げよう。

このひと月の間に、四人の女性が行方《ゆくえ》不明になった。

年齢は一〇歳から四三歳。共通点はただひとつ――美女揃《ぞろ》いであった。

犯行の目的は、最後のひとりが失踪《しっそう》してから五日目に判明した。その深夜、失踪者のひとり――矢吹《やぶき》真理《まり》が〈矢来町《やらいちょう》〉の自宅へ帰宅したのである。

家族はまず、〈新宿〉では当然のことだが、家族間でしか通じないキイ・ワードを確認してから〈救命車〉を呼んで、〈メフィスト病院〉へ搬送した。近所の病院では無理、との判断の上であった。

付き添った家人から話を聞いた担当医は、警察へ連絡した上で、「再生科」へ送り込んだ。

「再生科」からの所見は、五分とおかずに出た。

『全器官は正常なれど、魂《たましい》を奪われている模様』

別の医師が言った。

「〈歌舞伎町《かぶきちょう》〉の〝吸女《すいめ》〟の仕業《しわざ》だろう。大丈夫、院長の『帰魂《きこん》システム』がある」

それから三〇分後、虚《うつ》ろな眼差《まなざ》しを宙に注《そそ》ぐ二五歳の女性を、彼らは呆然《ぼうぜん》と見るしかなかった。

「院長が直々《じきじき》に開発されたシステムが、まるで役に立たん」

「何処《どこ》の地獄から来た化物《ばけもの》の仕業《しわざ》だ？」

彼らは精神《こころ》まで総毛立《そうけだ》っていた。

院長には、はっきりと告げなければならない。

——あなたの治療は効《き》きませんでしたと。

だが、彼らが死相を浮かべるほどに恐れ慄《おのの》いたのは、自《みずか》らに降りかかる院長の怒りではなかった。それを蒙《こうむ》る者の運命と、そこに到《いた》るまでに展開する死闘そのものであった。

その夜、〈新宿〉の空はようやく月の絵を描《か》いた。

「今日はここまでだ」

こう言って、画家は平筆を置いた。

「お疲れ様」

女は笑顔も見せず、ポーズを取っていた四肢《しし》を乱すと、寝台の上に仰向《あおむ》けに横たわった。

秘部も隠さぬその姿は、淫蕩《いんとう》さによるものではなく、はなはだしい疲労のせいだと、隈《くま》も濃い両眼が告げている。

「描かれているうちは平気なのに、終わった途端にこうなるなんて、あなた、薬《ドラッグ》を使っていないわよね？」

「必要ない」

画家は答えた。男のものとは思えない細い眉《まゆ》。碧瞳《へきどう》、ひとすじずつ絵のように描かれた金髪、刃《やいば》を思わせる鼻梁《びりよう》、水死人しか備えられない紫色の唇——彼自身が芸術作品のようだ。

「あたしがあんたの顔持ってたら、自分の顔描いて一生を終えるわ。なんで他人を描いたりするの？」

「自分がどうしたらいいのか、わからないからだ」

女は苦笑を浮かべた。

「芸術家の言い分って、さっぱりわからないわ。この街にも随分《ずいぶん》とおかしなのがいるけどさ」

「ほお、他にもいるか?」

画家はキャンバスに眼を走らせながら訊《き》いた。絵の具が乾くのに二、三日かかるだろう。

「いるわよ、そりゃ」

女は、寝台の横に置かれた皿から、林檎《りんご》をひとつ取って齧《かじ》った。咀嚼《そしゃく》してから、

「モデルの魂を絵に封じ込めるんだって、血で描くトンチキならよく知ってるわ。上手《うま》くいったって話は聞かないけど」

「血でか——アイディアだな」

画家は同じ皿から葡萄《ぶどう》をひと房持ち上げると、顔の上に掲《かか》げ、下の粒から貪《むさぼ》りはじめた。

「色っぽいわねえ、その食べ方。少し前のあたしだったら、見てるだけでイッちゃっただろうにさ」

この瞬間、画家の眼に燐光《りんこう》のような憎悪がきらめいたのに、女は気づかない。

「なぜ、そうならない?」

「決まってるわ」

女はもうひと齧りして、

「あんたより綺麗《きれい》な人間が、この街には二人いるからよ」

「ほお、誰だね?」

「秋《あき》せつらとドクター・メフィスト」

「ひとりは医師か——もうひとりは?」

「人捜《さが》し屋さんよ」

「人捜し?」

「そ。〈新宿〉でなら、発見率一〇〇パーセントだって」

「この街でかね? それは凄《すご》い」

「綺麗なだけの男じゃないんでしょ。ドクター・メフィストなら往診姿を見たけど、彼は見たことないわ」

「私のモデルになれるかね?」

「どうかなあ。今まで何百人もそう考えたけど、みな失敗したって話よ。絵にも描けない美しさってあれよ。ドクターを見たのは、遠目だったけど、それ

から一週間くらいぽうっとしてたもの。おかげで仕事《しご》になっちゃったけど」

「それほどの」

画家の声には驚きや感動よりも、邪悪な響きが強かった。悪党が悪巧《わるだく》みを企《くわだ》てるときに出すものだ。それも途方もない悪巧みを。

「次は明後日《あさって》だ。しんどいだろうが、よろしく頼む」

「はいはい——出てけってことね」

女は立ち上がり、前を隠そうともせずに、綸子《りんず》のカーテンで艶《あで》やかに仕切られたアトリエを出ていった。

画家は、あと一回で用済みのキャンバスの表面をじっと眺《なが》めていたが、

「トイレ借りるわよ」

女の声に、ああ、と応じ、すぐキャンバスへと戻った。

排泄《はいせつ》へ精を出している女は、豊かな裸身を艶然《えんぜん》とさらしている。画家の美貌《びぼう》にふさわしい作品だ——だが、それだけではなかった。画家より美しいと名を挙《あ》げられた二人も、深夜、静謐《せいひつ》の中に停止した時間《とき》に包まれたままこの絵を見たら、異様な感動が湧《わ》き上がってくるのを抑《おさ》えられないのではあるまいか。

画中の裸女は、精神の深淵《しんえん》に思いを馳《は》せ、昏い双眸《そうぼう》はなお暗い宇宙の涯《は》てを凝視《ぎようし》しているかのようだ。口元には神秘というものの謎を解いたかのような笑いがうすく滲《にじ》んでいる。

メフィストなら、
魂だ
と言うかもしれない。

ここに描かれているのは、人の形をした魂そのものだ
と。

魂消《たまげ》るような恐怖の叫びが、画家を現実に戻した。

「しまった！」

口を衝《つ》いたのは、英語——それも一九世紀のクイーンズ・イングリッシュであった。典雅な響きは彼にふさわしかった。だが、カーテンを開いた形相《ぎょうそう》は美しい悪鬼《あっき》そのものだ。

モデル女はドアの前で全身を激しく震わせていた。

トイレではなく、その隣《となり》のドアの前で。女がトイレを使うのは、今日が初めてだったのだ。

「あなた——あれは何？　あれは何よ？」

女の声は恐怖に固まり、そのあまりの凄《すさ》まじさにとろけ、また固まった。

「見たのか」

画家はアトリエから持ち出した絵筆を両手で摑《つか》み、左手で毛先の部分を引き抜いた。鋭い刃が、天井のライトに鈍《にぶ》く光った。

「あの絵……腐り切った死体……あんなもの描いてるの？」

女は笑っているかのように、途切れ途切れに息を吐き出した。眼にしたものを、そうやって空中に吐き捨てているように見えた。

「描き終わった絵は、十日後に一瞬だけ、真の姿をさらす。やはり隠しておくべきだったか——見たな」

画家は一歩を踏み出した。

そのとき、聞こえたのである。

揺《ゆ》り籠《かご》の中に　いるのは誰《だあれ》
揺れて揺れて
あなたの守り星まで　届けましょう
ほら　夕暮れに　もう光ってる

画家が廊下に面したドア——出入口を向いた。子《こ》守唄《もりうた》の歌い手はその外にいたのである。

だが、それは何と痛ましい声であることか。

画家の形相は恐怖のそれに変わり、女の恐怖は束《つか》の間《ま》、消えてしまったではないか。

「隠れろ！」

画家が叫んだ。

「その女に会っちゃいかん！　赤ん坊にも、生命にも縁のない女だ！」

恐怖の表情は狂気のそれに変わっていた。

ドアの方へ移動しかけていた女をベランダの方へ向かわせたのは、確かにその変化だった。

ここは〈早稲田《わせだ》大学〉近くの〈学生下宿街〉である。かつての倫敦《ロンドン》のように密集した建物とねじ曲がった小路地の道で成り立つ一角は、ベランダから隣の家へと跳び移るのも可能だ。かつて、人間の頭脳を移植されたオランウータンが、美しい女子大生に恋慕し、彼女と恋人を虐殺《ぎゃくさつ》した悪夢の夜があった。それ以来、ここはこうも呼ばれる。

〈学生〝モルグ街〟〉と。

女はベランダへと走った。

二〇畳の一室は、南向きのベランダと室内をガラス扉が区切っている。

カーテンを押し開け、ガラス扉を開いてベランダへ出た。ぎし、と凹《へこ》んだ。板張りだ。建った時から修理などしていない。ここは二階建て一棟の貸家が一〇軒並ぶ一角で、隣のベランダへは一メートルの小路地を越えねばならない。

女はカーテンを閉め、息を殺した。隣へ移る自信などなかった。

ガラス扉は開いている。物音と声は聞こえた。

ドン、と鳴った。空気が衝撃を伝えてきた。身をすくめた女の耳に、もう一度――。誰かがドアを叩《たた》いているのだ。

音と衝撃はノックごとに強さを増し、六度目で板が破れた。

女がすくみ上がったのは、その暴力のせいではない。歌声は一度も熄《や》まなかったのだ。

外の破壊者は、哀《かな》しい子守唄を、呼吸ひとつ乱さずロずさみながら、ドアを破壊してのけたのだった。

「よせ、いま開ける！」

画家が叫んだ。

だが、新たな破壊音がそれを吸い取って――外の者が入ってきた。

気配でわかった。

「よせ」

画家は後じさりしながら言った。

歌声は続いている。

お母さまの腕の中で　動くのはやめて
子宮の中で　充分動いたでしょう
でも　冷たい風に吹かれてしまったのなら
眼も耳も口も閉じていらっしゃい
その風は　世界のことを教えようとしているのだから

「よせ。君の恋人《メイト》はもういない。彼も私を殺せはしなかった」

画家は西の壁際《かべぎわ》に追い詰められていた。

歌声が近づいていく。

「何をしても無駄《むだ》だよ。わかっているだろう。君が見ているのは、肉体という名の脱《ぬ》け殻《がら》だ。私はそれを幾《いく》つも――無限大に持っている」

何も見えない聞こえない
それが　あなたのいる世界

気配が重なった。

絶叫が迸《ほとばし》った。

それから続いた音は、〈区民〉なら聞き慣れたものだった。

肉が裂け、骨が砕け、内臓がこぼれる。

妖物《ようぶつ》をさばく工場で聞いたことがある音ばかりだ。

ただし、今度の悲鳴は人間のものである。

女は耳を覆《おお》った。この街へ来て三年にもなるが、まだ慣れない。歯が鳴った。

不意に音も声も絶《た》えた。死は役目を果たしたのだ。

人間はそうはいかなかった。

気配が動き出した。

真っすぐ部屋を横切って、奥の部屋のドアを開けた。

あの部屋だ。

記憶が女に息を呑《の》ませた。

気配が止まった。

こちらを向いた。

女の心臓は、止まろうか打ち続けようかの二択に苛《さいな》まれはじめた。

後者に決まった。

カーテンの向こうの気配が移動しはじめたのだ。

それが奥の部屋へ消えた時、女は安堵《あんど》のような息を吐き、咳《せ》き込み、ついに嘔吐《おうと》した。胃と腸が身体《からだ》を操《あやつ》り、引きつらせ、痙攣《けいれん》を繰《く》り返して何も出なくなった。

こんな動きは止められない。

いや、止まった。

気配が戻ったのだ。

今度は真っすぐ、カーテンの方へ近づいてきた。

女は逃げることもできなかった。

カーテンが開いた。

心臓が止まった。

恐怖のためか？　否《いな》。

途方もなく美しい顔がそこにあった。

一瞬、女は自分かと歓喜してしまった。

だが、女は金髪ではなかった。

狂気じみたウエスト絞《しぼ》りの、時代錯誤《さくご》のドレスを身に着けてもいない。ダイヤをちりばめた珊瑚《さんご》の髪飾りでひっつめ髪を留めてもいない。

神様が計算し尽くした顔の造作《ぞうさく》も持っていない。

だが、この神は邪悪な神だ。神の国を追われ、地底へと放逐《ほうちく》されたかつての神に違いない。

だから、こんな眼をしている。

おかげで、止まった心臓がまた動き出すのを、女は意識した。

怖い。

ドレス姿が近づいてきた。

首飾りがきらめいた。あれは――ダイヤだろうか。

細い両手が上がり、女の首の方へと伸びてきた。ブレスレットは黄金だった。なぜ、赤い？　手首から先と同じ色だからだ。整えて伸ばした五指の先から、滴《しずく》が落ちた。血であった。

ここは何処《どこ》なのよ、と女はすでに死人の頭で考えた。

〈魔界都市〝新宿〟〉

〈早稲田〝学生下宿街〟〉

いいや。

〈学生――〝モルグ街〟〉だ。一九世紀の巴里《パリ》でも、倫敦《ロンドン》でもない。

なのに、あの時代の娼婦《しょうふ》のように、首に紫の輪を巻きつけて、路地の一隅《いちぐう》に打ち捨てられた全裸の自分を、女は鮮明に思い描いた。

血塗《ちまみ》れの指が、喉《のど》に。

それが止まった。

誰かが、ベランダにいた。

ドレス姿がふり向き――立ちすくんだ。

両手が鼻と口を押さえた。

絶叫が迸った。自分の顔を鏡で見てしまった醜《しゅう》悪《あく》なる永劫《えいごう》の疎外《そがい》者《しゃ》の上げる叫びだ。

それが途切れると同時に、ドレス姿は身を翻《ひるがえ》して、ベランダの手すりに走り寄り、一気に身体を放り出した。

倒れる女の眼が見たものは、影の手にしたキャンバスであり、その鼻が嗅《か》いだのは、カーテンからこぼれる炎と黒煙であった。

2

重く雨雲の立ち込めた日の正午過ぎ、秋せつらの下《もと》へやって来たのは、二〇代の門を叩いたばかりと思《おぼ》しい金髪の外国人であった。

経済的な苦境になど一度も陥《おちい》ったことのない品のよい、それでいて切れそうな顔立ちなのに、どこか人の好《よ》い雰囲気がまといついて、一歩間違えばタカビーになるところを救っている。

流暢《りゅうちょう》な日本語で名乗ると、せつらは少し眉を寄せて、

「は？」

と訊いた。

翳《かげ》った日が、さらに濃さを増した。

「ヴィクター・フランケンシュタインです」

と彼は繰り返した。

「あれですか？　人造巨人の？」

それなら、過去に一度、一族の人間と戦ったことがある——しかし、せつらは口にしなかった。氷《ひょう》雪《せつ》の彼方《かなた》へ人形娘の幻《まぼろし》と去っていった巨人の後ろ姿が、記憶の片隅《かたすみ》にあった。

「女性をひとり捜していただきたい」

とフランケンシュタインは、一葉《いちよう》の写真を卓袱台《ちゃぶだい》の上に置いた。〈秋人捜《DSM》しセンター〉の六畳間である。

「へえ」

せつらは眠そうに感心した。

「美人」

それが面白かったらしく、フランケンシュタインは噴いた。

「人間？」

とせつらは、写真を見ながら訊いた。相手が相手だ。

はたして、フランケンシュタインは首を横にふった。

「私の三体目の創造物にして、二体目の〝花嫁〟です。どちらも、かつて造り上げた呪《のろ》われたものを癒《い》やすべく完成させました」

「けれど、最初の〝花嫁〟を創造したとき、あなたは怯《おび》えた。その呪われたものが、彼女と組んで子孫を儲《もう》けるんじゃないかと」

茫々《ぼうぼう》たる指摘に、創造主はうなずいた。眼差《まなざ》しが遠くなり――戻った。過去のものとせず、現代の事象として向かい合おうとしているのだ。

「その疑心暗鬼《ぎしんあんき》が、私に最初の花嫁を破壊させ、彼は復讐《ふくしゅう》の鬼と化したのです。ですが、再び彼を捜し出し、二体目の〝花嫁〟の写真と対面させたとき、彼は世界を呪いながらも、自らの死をもって運命を完結させました」

「二体目は美しすぎた」

せつらの答えであった。

ごお、と世界が鳴った。風である。

「――で、彼は絶望した。いくら何でも不釣《ふつ》り合いに過ぎると」

「仰《おっしゃ》るとおりです。彼に写真を見せたのは、南極の氷の上でした。彼はそのとき、世界を破滅させる計画に取りかかっていたのです」

「へえ」

せつらは少しも感心したふうはない。この人捜し屋の眉をひそめさせるのは、世界の運命よりも美女の写真なのであった。

「しかし、新しい伴侶《はんりょ》をひと目見たとき、彼は感動し、慄き、仰るとおり絶望しました。自分にふさわしくない女と思ったのかもしれません。それとも、自分がふさわしくないと思ったのか。とにかく彼は世界ではなく、自らを滅ぼすことを選びました。そして再び彼を捜し出した私の眼の前で、私以前に最後に彼を見たということにされてしまう探検隊の隊長に予告したごとく、流木を重ねて火を放ち、自らをそこへ投じたのです」

せつらはもう一度、世界を救った美女の写真へ眼を走らせた。

裏面を見て、

「エリザベス」

「彼に殺害された私の婚約者の名前です」

とフランケンシュタインは言った。

「あなたも彼に復讐を？」

そのために二体目を造ったのか？

「わかりません。そんなつもりもあったかもしれませんが、今となっては」

「どうして〈新宿〉へ？」

「私はエリザベスを妻にし、人知れず、学究の生活へ戻りました。住まいは背徳の都・倫敦《ロンドン》に設けました。ですが、それが最大の過《あやま》ちだったのです。あの霧と闇の街には、ある意味ここよりも凄《すさ》まじい魔《ま》性《しょう》たちが蠢《うごめ》いていたのです。いわく、切り裂きジャック、いわくジキル博士とハイド氏、いわくドラキュラ伯爵、いわくシャーロック・ホームズ、いわく――」


フランケンシュタインは沈黙した。眼に凄惨《せいさん》といってもいい光が点《とも》った。

「私は倫敦《ロンドン》の最暗黒部――イースト・エンドに広い部屋を借り、エリザベスとともに万巻《まんがん》の書を読んで暮らしました。私が目指した実質的な研究は、エリザベスを含む三体の新生命の創造によって成し遂《と》げられ、後には何も残っていなかったのです。先ほど、学究の日々と言いましたが、その日々はただ朽《く》ち果てるのを待つだけの怠惰《たいだ》と倦怠《けんたい》の連続だったのです。彼を創造したときから、私はそれに気づいていました。倫敦《ロンドン》の汚怪《おかい》な一角に住み着いたのは、この異形《いぎょう》の土地ならば、或いは、生命創造とはまた別の、大いなる研究への刺激を与えてくれるかもしれないとの、ささやかな望みゆえでした。ですが、私は妻の、エリザベスの美しさを忘れていたのです。なぜか、妻の美点に気づかぬのは、夫だけと言われます。私はまぎれもないそのひとりでした。平気でエリザベスを外へ出し、薄汚いこそ泥や阿片《あへん》中毒者や詐欺師《さぎ》どもの眼に好きなだけさらしていたのです。この地に巣食《すく》う魔性どもの耳に、その噂《うわさ》が入るのは当然のことでしたし、時間も必要とはしませんでした」

若者の――それも時間《とき》を越えた大層な美貌に、慚愧《ざんき》の念が吹き荒れた。それは彼の眼を爛《らん》とかがやかせ、白い歯を剝《む》かせた。

「切り裂きジャックが何度エリザベスを切り刻んでも、そのたびに復活させるのは、簡単なことでした。ジキル――いえ、ハイド氏ならば、ジャックよりずっとお安い御用だったでしょう。ドラキュラ伯爵だろうと、恐るるに足りませんでした。人間という殻に閉じ込められて、古臭い生命の源《みなもと》を吸う田舎《いなか》貴族には、新生命の血は到底口に合うものではなかったからです。ですが、私は忘れておりました。ただひとり――彼女を恍惚《こうこつ》の牢獄《ろうごく》に捕らえ得る魔性の名を」

せつらが言った。

「ドリアン・グレイ」

と。

世界が白く染まった。虚空《こくう》を走る稲妻《いなずま》であった。

二つの影はその光に黒々と灼《や》きついた。

「エリザベスにもっともふさわしい仕事はモデルでした。お断わりしておきますが、美しき妻を世界一下卑《げび》た男どもの中に投げ込んだ甲斐性《かいしょう》なしと罵《ののし》らないでいただきたい。金ならば、倫敦《ロンドン》へ来る旅路の間に、幾らでも稼《かせ》げました。金持ちどもの愛犬や飼い猫を殺し、復活させて見せれば、客は言うなりの料金を、躊躇《ちゅうちょ》せず払ったものです。時として、死んだばかりの家族も――」

フランケンシュタインの口元に、本来の顔に背《そむ》く邪悪で傲慢《ごうまん》な笑みがとまった。そこから顔面へと走る亀裂を見ることができるものが、〈新宿〉には数名いる。

だが、彼は優雅な五指を顔に食い込ませて崩壊を止めた。純朴《じゅんぼく》な学徒の風貌がそこにあった。

「勿論《もちろん》、時間を決めて、元の死者に戻しましたとも」

「タイム・イズ・マネー」

フランケンシュタインは苦笑した。

「仰るとおりです。死者が家族と過ごせるのは料金次第でした。最高で一年――ベルギーのさる貴族で、養蜂《ようほう》家でもある人物が支払いました」

いきなり、せつらが言った。

「早くこの街を出ていくこと」

「え？」

「白い医者」

「謎々問答ですか――ドクター・メフィストのことなら聞き及んでいますが。生命の創造以外では、私など足下にも近寄れぬ、悪魔のみ起こせる奇跡を生んできた名医とか。まさしくその名にふさわしい」

「藪《やぶ》」

「は？」

「いや。この街で、そのバイトはやめろ」


「ドクター・メフィストの逆鱗《げきりん》に触《ふ》れるからでしょうか？」

「さて」

せつらもあまりこの話題には触れたがらない。

「で？」

と促《うなが》した。

フランケンシュタインは記憶をつなげるべく眉を寄せ、手元の番茶をひと口飲《や》って、

「美味《うま》い」

「どーも。で？」

「エリザベスが、自分にふさわしいアルバイトを見つけたのは、一八八八年の冬でした。彼女の話によれば、その晩、解剖刀《メス》を手にした男に追われたとかで、逃げ込んだ場所が彼――ドリアン・グレイのアトリエだったのです」

「彼が絵を？」

「広範に行き渡っているオスカー・ワイルドの物語によれば、彼は絵を学んではいません。自らの肖像

画を描かせ、放埒《ほうらつ》な遊興《ゆうきょう》に身を埋《うず》めるうちに、その肖像画が年老い、醜悪化していく。その代償として現実《うつしみ》の彼はいつまでも若く、かがやくばかりに美しいままである。しかし、ついに迎えた最後の日、彼は自らの肖像画にナイフを突き立てます。やって来た人々の見たものは、美しい肖像画と、老廃物のごとく醜い老人でした——しかし、現実のドリアンは絵を嗜《たしな》みました。それも物語の彼の身にふりかかったごとく、他人の魂を封じ込め、その若さと生命を吸い取り、不老不死となる技を身につけていたのです。しかも、対象はみな美しく妖艶な男女ばかり——エリザベスに目をつけたのも当然と言えましょう」

「拒否はノー？」

「ドリアン・グレイをご存じでしょうか？」

「全然」

「実は、こちらを訪れて、私は正直、驚嘆《きょうたん》しております。世にこれほどの男性がいたものか、と。これほどとは——ドリアン・グレイを凌《しの》ぐという意味です」

若き創造主の声は恍惚としていた。

「女の美しさならわかるが、男のそれは——私が彼に求めたものは、あなたの顔だったのかもしれません。今、それがこの世に二つとない不幸だと知りました。そうですとも、やっと、わかりました。彼女がドリアン・グレイにあるはずのない魂を奪われたことも」

せつらにも、ある事実がわかっていた。

ドリアン・グレイの伝説によれば、肖像画に描かれたのは、彼の良心であった。現実の彼が放埒無惨《むざん》な人生を送るに従って、それは年老い醜悪化していく。

その彼が美しさを保って〈新宿〉に存在している限り、数百歳の年齢《よわい》を経た良心も〝肖像画〟に封じ込められて、ともにいるのだろうか。

3

「ドリアンがここへ来た目的は、魂を吸い取ることでしょう」

フランケンシュタインは、せつらに眼を据《す》えた。

「この街には世界の何処にもない妖気が渦巻いています。日常的にそれを呼吸する者たちの魂はその影響を受けざるを得ません。魂とは人間の別名です。それを糧《かて》にする者にとって、〈新宿〉ほど蠱惑《こわく》に満ちた街はないのです。すでに何件か、魂を吸い取られる事件が起こっているとニュースが伝えていました。ドリアン・グレイがここにいる以上、エリザベスも訪れるに違いありません」

せつらが、のんびりと、

「――なぜ？」

「――愛しているからです」

「彼のほうも？」

「だったら、エリザベスが追う必要はありません」

「ごもっとも」

「エリザベスは、この世界の男すべてを魅入《みい》らせ得る唯一《ゆいいつ》の存在でしたが、ドリアン・グレイは唯《ただ》ひとり、エリザベスを虜《とりこ》にすることができた男でした。しかし彼はすぐにエリザベスを捨てました。彼の求める魂は人間に属するものだったのに対し、エリザベスは人間ではありませんでしたから、当然のことです。ドリアンはそれでよかった。しかし、エリザベスはそうはいきません。自分を魅入らせた唯ひとりの男を、彼女は追いはじめたのです」

「うわ。どっちも永遠」

せつらは眼を宙に据えた。

死を知らぬ者同士の追いつ追われつは、それこそ永遠に続く遊戯《ゆうぎ》ではないか。

「いつから？」

「一〇〇と少し前ですね」

そこで、せつらの考えを読んだらしい。

「ええ、私も南極で自分に手術を施《ほどこ》しました。悪性の肺炎に罹患《りかん》しておりましたのでね」

「簡単に不死身に？」

「いえいえ」

フランケンシュタインは笑った。

「自分に加える施術《せじゅつ》には限度があります。私は四〇〇年というところでしょうか」

また、部屋が光った。雷鳴が鳴り響く。

「スケールが違う」

「ですが、決着はこの街でつくと思います。あなたを見て、そう確信しました」

「はあ」

「エリザベスがあなたを見る。私以外にはわからないことですが、そのせいでいつかすべてが終わるでしょう」

感慨《かんがい》ともいうべき言葉の後で、よろしくお願いします、と握手を交《か》わし、連絡先のメモを残して、フランケンシュタインは去った。


ドアが閉まるや、せつらは電話機に手を伸ばした。

反応は夜半《やはん》にあった。

「ども、ぶう」

相変わらず、世界一ユニークな挨拶《あいさつ》に続いて、

「その女なら、今〈高田馬場《たかだのばば》〉の〈学生〝モルグ街〟〉にいるわさ。細《こま》かい住所は――」

〈新宿〉一の女情報屋に間違いはない。

三〇分後、せつらは二階家一戸建ての前に立っていた。

ドアの表札には、
佐藤一郎《さとういちろう》
とあった。貸家である。

外谷《とや》の話では、美大生のアトリエ兼住居だという。

「芸術家なら」

もう少し凝《こ》ったら、と思ったのか。すぐ頭を横に

ふったのを見ると、

「芸術以外に興味はないんだ」

と考え直したのかもしれない。

「ん？」

鼻孔《びこう》に忍び入ってきた臭いは、

「火事？」

ドアノブを摑もうとして、ないのに気づいた。

黒い穴が空《あ》いている。抜き取られたのか、打ち抜かれたかだ。

一階は直《じか》に靴で入る居住スペースであった。ベッドやデスク、冷蔵庫、食器棚等が並んでいる。どれも学生専門のリサイクル・ショップへ行けばひと山幾らの安物だ。トイレもバスもついている。

二階への階段が隅にあった。煙が下りてきた。

せつらは駆け上がった。

廊下と、ドア――はない。戸口の向こうに倒れている。足下に破片が飛んでいた。

とび込んだ。

煙は左手奥に並ぶ、二つのドアの片方から洩《も》れてくる。広いアトリエだった。

「赤猫」

とつぶやいたのは、最近凝っている時代小説の影響に違いない。放火の意味だ。

反対側の奥に、凄まじいものが散らばっていた。

血の海に浮かぶ人間の手足と――生首だ。

「遅かったか」

とつぶやいて、火元をふり返る――途中で、ベランダの方を見た。

カーテンが下りている――その向こうから、明らかに怯えの気配が伝わってきた。

歩き出し、すぐに方角を変えた。

眼の前のイーゼルに、裸女の肖像画が架《か》けられていた。

すでに火の手が上がっている。

「勿体《もったい》ない」

こうつぶやいて、せつらはキャンバスをイーゼルから外し、小脇に抱えて、カーテンを開いた。

月光の下に、二人の女が立っていた。

ひどく古風なドレスを着た女とその向こうの裸女だ。ドレスの女の手が裸女の首にかかっている。

せつらが行動を起こす前にドレス姿が気がついた。

ちら、とこちらへ向けた顔は、影が多くても美しい。

そして、立ちすくんだ。

両手が鼻と口を隠し――絶叫が迸った。

せつらですら、わずかに眉をひそめたのは、叫びの悲痛さゆえであった。いつもなら繰り出す妖糸《ようし》が、それで遅れた。

女が手すりに寄るや、人間とは思えぬ速さで身を躍《おど》らせた。

せつらは走り寄って見下ろした。

狭い路地の闇に、影が吸い込まれるところだった。足音が遠ざかり――絶えた。


せつらはベランダの端で固まっている裸女の方を見た。芸術のモデルというより、解剖用の死体のごとく倒れ伏している。

肌を覆う影が揺れた。

カーテンが燃えている。黒煙と炎がベランダを奪いつつあった。

「〈モルグ街〉の殺人か」

声と同時に、ふわりと宙に浮いた裸身を反対側の脇に抱え、せつらは軽く床を蹴《け》った。

夜を渡る美しい化鳥《けちよう》の姿を、月と星が影絵のように見せた。


〈学生下宿街〉の一角で燃え広がった炎は、火元と両側の二軒を焼いて消し止められたが、それを携帯の緊急ニュースで知ったせつらは、へえ、と曖昧《あいまい》に洩らした。

焼け跡からは焼死体どころか、その一部も発見できなかったというのである。

「一〇〇年と少しか」

不死者相手の殺戮《さつりく》ならば、永劫に熄《や》むはずもない。

男は逃げ、女は追う。そして、邂逅《かいこう》は終焉《しゅうえん》ではなく、始まりなのだった。

救い出した女《モデル》は、すべての記憶を失っていた。

〈早稲田大学〉近くの知り合いの病院に預けた。

「恐怖のせいだ。記憶ばかりか精神にも異常を来《きた》しているが、何とかなるだろう。しかし、なぜ、〈メフィスト病院〉へ連れていかんのだ？」

医者の問いに、

「院長が危ない」

とせつらは答えた。費用の一切《いっさい》を負担するという誓約書にサインして、せつらは病院を出た。

途中、〈学生下宿街〉近くのコイン・ロッカーへ寄って、女の肖像画を取り出した。なぜか、女に見せるのははばかられた。

家に戻って、オフィスの壁に掛けた。

朝の光の中で見ても、冷たいものが背すじに忍び寄ってきた。

「完成してない」

せつらは絵の一点——左の乳房の上あたりに視線を集中させた。そこだけキャンバス地のままだ。

「心臓」

せつらはこうつぶやいた。

「いや、魂の在《あ》り場所だ」

とつけ加えた。

「ここを埋めれば、モデルの魂は絵の中に封じられ、本体も肖像画も永劫の生命を得る。しかし、永劫の生とは空《むな》しくはないものか、ドリアン・グレイよ？」

せつらの声だ。せつらの発音だ。せつらの顔だ。だが、違う。

「おまえはこれを取りに戻る、完成させるべく。芸術家とはそういうものだ。たとえ、これが危険な敵の下にあってもな。それとも——私に会いたいのか、ドリアン・グレイ？」

呼びかけの声に、肖像画の女は凍りついたかもしれない。

生命を知ろしめす朝の光の中で、この部屋の主人《あるじ》と肖像画だけが、死人のように翳《かげ》っていた。

インターフォンが鳴った。

「店長——開けますよ」

せんべい屋のバイト——藤神《ふじかみ》みらである。〈矢来町〉にある短大の二年生で、ふた月ほど前から通っている。

「わかった」

こう応じた途端に、凍りつく気配があった。

「違うわ」

怯えを隠せない、しかし、負けてもいない聡明《そうめい》な声であった。

「店長じゃない——どなた？」

「僕だよ」

「え？」


声がまた変わった。

「あの——勘違《かんちが》いでした。すみません。すぐにシャッターを開けます」

「よろしく」

欠伸《あくび》をひとつして、せつらはひと寝入りを決め込むことにした。

眼を醒《さ》ますのは二時間後である。

その間にいくつかの出来事が起きた。

せつらよ、いかなる現象でも、それが〈魔界都市〉のものであることを忘れるな。

午前九時一二分。濃いサングラスをかけて古臭い上衣《うわぎ》を着た金髪の若者が、〈歌舞伎町〉の不動産屋に、できるだけ日当たりのよい広い部屋か一軒家を申し込んだ。不動産屋は、〈市谷加賀町《いちがやかがちょう》〉にある通称〝幽霊屋敷〟を勧めた。

同二五分。同じ不動産屋に、使い込んだギター・

ケースを担《かつ》いだ若い男が現われ、出ていったばかりの客とまったく同じ条件の物件を申し込んだ。不動産屋は、彼にも同じ家を紹介した。

一〇時九分。〈大久保《おおくぼ》二丁目〉の古着屋に、思いきりウエストを絞ったリネンのドレスの美女が現われ、普通の衣裳《いしよう》を一式購入していった。

同四九分。〈余丁町《よちようまち》〉の「みずほ銀行・余丁町支店」に三人組のギャングが押し入り、偶然パトロール中だった〈機動警官《コマンド・ポリス》〉二名と射《う》ち合いになり、ひとりが重傷、二人は逃亡した。

第二章　闇に蠢《うごめ》く影、そして死

1

陽《ひ》が落ちるとすぐ霧が出た。このごろは早く、そして深い。

〈区〉の警報車が一〇〇台、大通りを辿《たど》り、横丁を走って、屋内待機を呼びかけるが、良識ある〈区民〉はともかく、これぞ〈新宿〉と認識している観光客たちは、小躍《こおど》りして白い街路を徘徊《はいかい》する。

日方早苗《ひかたさなえ》は〈区民〉のひとりであった。正午から午後五時まで、近所のコンビニでバイトをし、真っすぐ徒歩六分のマンションへ帰る日々を送っていた。

これが惨事の原因となった。その日、夜勤に欠員が生じ、二時間の残業を強《し》いられたのである。すでに霧は二メートル先の視界も奪っていた。

歩いて六分。

ここが〈魔界都市〉という別名を持つことを、慣れと距離が抑《おさ》えつけた。

「近くったって、こんなに霧が深いんじゃ危ないよ。何がうろついているかわかったもんじゃない。何なら泊まっていきな」

人のよさそうな店長の下心は、この半年で骨身《ほねみ》に沁《し》みていた。

荷物運びを手伝う、商品並べを指示する、こう言って尻や胸にタッチされたのは、それこそ数え切れない。早苗が耐えたのは、給料のよさと地の利――加えて、彼女自身がねっとりと好色だったからだ。

店長にもそれがわかっている、らしい。だから、決してやめようとはしない。

白い世界に出るとすぐ、店長が追ってきた。

「心配でね。送っていこう」

「結構です。ここからなら、目をつむってでも帰れますから」

強く辞退したが、どこかゆるんでいるのは自分でもわかっていた。

「まあ、そう言わずに」

店長は並んで歩き出した。

「困ります」

自宅の場所は知られたくなかった。この男の性格では、出勤を待ち伏せるか、迎えに来かねない。

店から一〇メートルと離れていないところに公園がある。そこを横切ると早苗のマンションは眼の前だ。

「今夜は凄《すげ》えな」

店長は呆《あき》れた。樹木やベンチどころか、足下《あしもと》さえ見えない。

――一生このままでは？

そんな考えが自然に浮かんだ。自分でもそれなりに胆《きも》が据《す》わっていると自覚していたのが、つるべ落としに恐怖の虜《とりこ》になった。

「嫌あ」

叫んで店長をふり返った。

白い霧だけだ。


「いないの⁉ 助けて！」

身悶《みもだ》えして叫んだ。

「こっちだよ」

斜め右前から声がした。近い。

走った。

いない。

「何処《どこ》にいるの⁉ 意地悪しないで！」

泣き叫ぶ寸前の声だとわかった。涙が頬《ほお》を伝わった。

「こっちだよ」

またかかった。右だ。

そっちへ向かった。

いない。

呼吸が止まった。吸い込めない。

「ああああ」

心臓が動いていない。奥へ入ろうとする吸気に肺が舌を出している。恐怖の仕業《しわざ》だ。

いきなり、背後から抱かれた。違う。乳房を揉《も》まれた。

耳が熱い洞《うろ》に吸い込まれた。濡《ぬ》れた軟体動物が、ずるり、と奥へ、

「ブラ、小さいな」

店長の声が言った。

喉《のど》をヒリつかせながら、

「何するの、やめてください」

手首を摑《つか》んで、もぎ離そうとした。

肉に指がめり込んだ。

「嫌あ」

「こんなブラ――邪魔物。取っちまおうぜ」

いきなり、セーターがめくられた。

乳の肉に霧が触れた。

ビキニ・ブラが上へずらされ、はみ出た乳首を指がはさんだ。

「あ……」

唇を割ったのは、明らかに官能の呻《うめ》きであった。

「やめて。訴えるわよ」

「ほお、何て言う気だ？　霧の夜、いきなり公園でおっぱいを揉まれ、こうされましたってか？」

強引に顔が横へねじ向けられた。

唇が重なってきた。舌が歯を割って、ずるり、と。早苗の舌を捉《とら》えて絡《から》み合いを求める。

早苗は激しく応じた。自分から絡め、吸って唾液《だえき》を混ぜ合った。舌の使い方は夫で鍛《きた》えている。

店長が後退した。

引かれて――膝《ひざ》の上に落ちた。

ベンチに違いない。

向かい合う形で、顔中を舐《な》められた。瞼《まぶた》を吸われ、鼻も嚙《か》まれた。唾《つば》が頰を伝わった。舌は鼻孔にも入ってきた。

責めはスカートの内側に移った。

片手が熱い肉の間を進んで、さしたる抵抗もなく淫部《いんぶ》に届いた。最後の守りは布地一枚だった。

遠慮なく男はそれを攻略しにかかった。

「小さいな、このパンティ」

「やめて、その言い方」

「じゃあ、何て言うんだ？」

早苗は答えられなかった。男の指が布ごと奥へ向かっていた。

「え、何てんだ？」

「――パンツよ」

「同じことだろうが。あんたが言うと、そそられるぜ。ほおら」

店長の手が早苗の腕を捉えて導《みちび》いた。

こちらも布地の上から、反応が知れた。

「止まるなよ、どうすればいいか、わかってるんだろう？」

「しないわよ、そんなこと」

「へえ――これでもか？」

「ああ――うん」

早苗は白い喉をのけぞらせた。

「でっけえおっぱいだな」

店長は口を離して、喘《あえ》ぐように言った。

「最初から眼えつけてたんだ。いつか舐めまくってやろうとな」

「やっぱり、そうだったのね、変態。みんなに言い触《ふ》らしてやる。裁判にかけて、前科者にしてやる」

「声はそんなことより、早くしてと言ってるぜ」

店長の指はすでにパンティの横から忍び入り、自在な動きを取っていた。

「あっあっあっ」

早苗は痙攣《けいれん》と声を合わせた。

「もう、どろどろじゃねえかよ。これで嫌でしたなんて言ってみろ。誣告《ぶこく》罪で刑務所《むしょ》行きだぜ。何なら法廷で、再現してみるか？　あんたの家族が見てる前でよ」

「嫌あああ」

早苗は責めている男にしがみついた。この地獄が堪《たま》らない快感だった。

いきなり、男が消えた。

腕の中と――早苗の中からも、バチッ、と。

悲鳴が頭上から降ってきた。

頭を上げた瞬間、足下へ叩《たた》きつけられた。

生あたたかいものが、早苗の全身にとんだ。

顔に付着したものを拭《ぬぐ》い、指先を眼の前に持ってきた。

血だ。

右の膝に手がかかった。

霧の中から、ぐわ、と顔が現われた。黒血《こっけつ》まみれの顔だった。

「店長」

思わず膝の手をもぎ離した。店長の顔は霧の中に沈んだ。

「それでよし」

男の声が愉《たの》しげに言った。また頭上から、

「ひっ!?」

見上げたが——霧だけだ。

首すじを舐められた。

「ひィ!?」

ふり向いたが——同じだ。

誰かがいる。店長を空中へ拉致《らち》し去って、放り出したものが。

思わず立ち上がった。乳房を強く吸われた。そればかりか、舌でペロリ、と。

押し離そうとした手には何も触れず、奇怪な口づけは顔へ。

濡れた舌が顎先《あごさき》から鼻を通って眉間《みけん》まで舐め上げたとき、早苗は濡れるのを感じた。

「気持ちいいかい?」

と声が訊《き》いた。

「死にかかった男に見られながら感じるなんざ、あんた幸せ者だぜ。だが、舐めるのがおれの本性《ほんしょう》じゃねえ。本当は——これさ」

左の肩に鋭い痛みが走った。鋭利な物体が肉をえぐり、神経を断《た》った。

「あっ!?」

押さえた手の甲《こう》にも——ぶつん、と。

右の乳にも。

左の乳にも。

「あーっ!?」

左の内腿《うちもも》だった。

どの傷口も血を噴《ふ》いた。

「あなた――あなたは――吸血鬼ね!?」

笑い声が霧を揺《ゆ》すった。早苗は血を手で拭い、

「信じられない。〈新宿〉の吸血鬼は、夜香《やこう》さんが仕切っているはずよ。あの人がこんなことを許すはずはないわ」

「残念。おれは他所者《よそもの》でね」

男の声は愉しげであった。

「あんたにゃ見えないだろうが、おれにゃあよく見える。あんたの裸がな。おお、血をこすりつけてるのか。もっとやれ。そうだ、ここにも」

尻に舌が触れた。

早苗は走り出した。その足首をぐいと摑まれたのである。


転倒し、すぐには起き上がれない裸体へ、足の方から重いものが這《は》い上がってきた。

「日……方……さん……」

店長の声であった。

「助けて……くれ……」

「嫌、放して」

押しのけようとしたが、痛みで手が動かない。

喘ぐ顔の上に、ぬう、とあの顔が現われた。

「冷たい……女だな……よし……なら……こうしてやる」

顔が落ちてきた。早苗もそむけた。店長の顔は頬に貼りついた。

喘鳴《ぜんめい》を放ちながら、早苗の頬を舐め廻《まわ》す。

「元気な奴《やつ》だな」

吸血鬼の声と同時に店長の重さが消えた。

顔だけが右横へ移動して止まった。

代わりに、別の顔が上に来た。

この世ではじめて見る美麗な顔立ちの中に眼だけ

が赤光《しやっこう》を放っていた。もうひとつ——真っ赤な唇の間から白い牙《きば》が覗《のぞ》いている。

「おれの名は、真藤《しんどう》だ」

男は舌舐めずりをした。

「これから、たっぷりとおまえの血を吸ってやる。おい」

呼びかけた相手は、店長の首だった。

「あ……」

「この女の身体《からだ》に眼をつけていたな？　抱きたいんだろう？」

「あ、ああ……」

「なら、よし。よく見てろ。おまえの代わりにおれが可愛《かわい》がってやる」

「…………」

「見てえだろ？　ものにしたかった女が、別の男に抱かれるところを？　え？」

「見た……い」

店長の顔はすでに死相であった。


「なら、おれの餌《えさ》にする前に、いい思いをさせてやる。おい、キスさせてやりな」

今度の相手は早苗であった。彼女は、嫌と叫んだ。

店長の顔が近づいてきた。早苗の顔は髪を摑まれ、強引に上を向かされた。

「ほおれ、好きなだけ吸ってやれ」

二つの顔は重なった。

欲情が嫌悪感を消していくのを早苗は感じた。途方もなく異常な状況が、マゾの炎をあおりたてている。自分から舌を入れた。二つの喘ぎと、獣が水を呑《の》むような音が長く長く続いた。

やがて店長の顔は離れた。

息も荒い口元へ、軟らかいものが当てられた。

「あっ!?」

放った口の中へ、ぐいと入れられた。店長の男根であった。死にかけとは思えない硬度を保つそれを、人妻は吸いはじめた。

「イカせてやれ」

と吸血鬼の声が笑った。

「亭主や子供が待っているんだろう。その途中で他の男のを咥《くわ》えてイカせてやるんだ。燃えるか、え?」

早苗は答えなかった。夢中で施《ほどこ》した。淫本《いんぽん》で読んだことのある、夫にも試したことのないやり方であった。

左の首すじに、尖《とが》ったものが当てられた。

「合わせていこうや。おれも、おまえも呑むんだ。ほおれ」

霧の中のものには、早苗の行為の結果がわかるのか、店長のものの反応に合わせて、首の痛覚が増してきた。

もうどうなろうとよかった。

早苗は奉仕を続けた。

店長のものが小さく痙攣した。生あたたかいものが喉の奥に流し込まれる。

それを飲み干した瞬間、首にずぶり、と。

凄まじい刺激は全身を震わせた。

吸われていく。血が。

早苗も吸っている。精液を。

異様な声を上げて、吸血鬼は離れた。同時に、店長ものけぞり、早苗の口を解放するや、霧の中に倒れた。

足の先で、美しい声がした。

「遅れたか。だが、おまえを滅ぼすには充分な時間があるぞ、真藤——よくぞこの私をコケにしてくれたな」

「遅い遅い。そろそろ潮時《しおどき》じゃないのか、夜香さんよ」

真藤の声は笑いと——恐怖に彩《いろど》られていた。

2

足音が近づいてきた。

牙を抜いた瞬間、コンビニのパート・タイマーは淫《みだ》らな表情で失神している。

足音は五メートルまで迫った。

真藤は右手を上げた。肘《ひじ》から先を切断して、代わりに付けた戦闘ユニットから、高圧ガスによる鉄矢《てつし》の発射を選択する。

円筒《ドラム》に仕込まれた長さ二〇センチの矢は、すでに発射位置にあった。

鋭い吐息のような発射音は、足音の主《ぬし》の心臓を確かに貫《つらぬ》いた。

止まらない。

三メートル。

二本目が発射位置に来た。

全自動発射《フルオート》に切り換《か》えた。

奇妙な射《う》ち方を真藤は選んだ。

上下左右——あらゆる方角へ全弾を射ち込んだのである。

反応はなく、足音は真藤の顔前で停止した。


「〝夜香の足音〟——聞いたことはあるようだな？」

「へへ、ささやかながら、おれにも情報網はあるんでな」

真藤の顔は冷や汗にまみれていた。

「それは結構」

声と同時。確かに彼の放った鉄矢が、その頭頂部から顎まで抜けた。驚くべきは、これも瞬秒の狂いもなく、左胸から背中へもう一すじ貫通したことだ。

両手で突き出た先端を摑み、真藤は横倒しになった。

「仁義は通さんとな」

声は、足音の止まった位置でした。

その周囲に幾《いく》つもの気配が生じたのは、最初からそこにいたのか、舞い下りてきたものか。

「女性はどうだ？」

「無事ですが、血を吸い取られております」

「すぐに、〈団地〉へ連れていけ」

「男のほうは？　死んでおりますが」

「警察へ届けろ。包み隠さず打ち明ければ、文句は出ない」

きびきびした若い響きから、先刻までの妖気に満ちた声は想像もできなかった。

気配が入り乱れ――消えた。

路上には真藤の死体だけが残った。

「まだ生きているか、偽《いつわ》りの生を？」

夜香の声が訊いた。長い眠りから、ふと醒《さ》めた――そんな疲れがあった。

「じきにくたばるさ」

と真藤が応じた。糸のような声である。

「――だがな――これで終わりじゃねえ。また会おう」

足音が一歩近づいた瞬間、真藤は塵《ちり》と化した。

「また、な」

こう応じたのは、いかなる心情からか。

ゆるやかな夜風にようやく霧が浮動をはじめ、彼方《かなた》の明かりがおぼろに点《とも》りはじめる中を、足音だけが去っていった。


翌日、せつらの下《もと》へ、外谷から連絡が入り、彼は昼前に、〈大久保二丁目〉の古着屋を訪れた。

店主はひと目で魂《たましい》まで奪われてしまった。依頼人や仕事以外の人間と会う場合はサングラスをつけるが、情報収集だと素っぴんで当たる。催眠術と同じで、何でもしゃべってくれるからだ。

せつらの問いに、まさしく店主は夢中のごとき声で、

「その女なら確かに来ました。こう、窒息《ちっそく》するんじゃないかと思うくらいウエストを締めたドレスを着てましたよ。ちょっと前に小娘たちの間で流行《はや》ったゴスロリってやつですかね。

買ったのは、シャツが三枚とジャケット一枚、ジーンズが一本、あとはスーツが一着ですね。えらい美人だったので、よく覚えてますよ。どれもこれも

安物でしたが、そこはあの美しさがカバーしちまうでしょうな。いや、色っぽいってんじゃない。綺麗《きれい》なんですよ。でも、何つうのかな――そうだ、血が通ってないんです。人工の――造られた美人なんだ。でも、あの顔を造ったんだとしたら、天才の仕事でしょうね。

住所はわかりません。ですが、この近所じゃありませんかね。うちみたいな店は何処にだってあるし、わざわざ遠出してまで買いに来る必要はないでしょう。

しかし、あんな美人、二人といないと思ってたら――いや、世の中、上には上があるもんですね。あんたみたいな人がねえ――だから、この街は〈魔界都市〉なんですな」

せつらが辞したときも、店主は恍惚《こうこつ》たる表情を浮かべていた。元に戻るまで、ひと月はかかるだろう。

同時刻、〈高田馬場〝魔法街〟〉の一軒に、奇妙な訪問者があった。

何とかドアを抜けてきた家の主人は、露骨に迷惑そうな、しかし、慣れっことという雰囲気で、「クロネコ・ヤマト」のトラックから運び込まれた二個の棺《ひつぎ》を居間に並べた。

「あら、素敵なお棺《かん》」

天女みたいな明るい声は、居合わせた娘のものである。白い襟《えり》にピンクのドレス――春の名残《なごり》というより、これから訪れる季節に、着る者も着られる物もふさわしい、ただしその顔の艶《つや》、滑《なめ》らかなくせに何処かぎこちない眼鼻の動き――娘は人形であった。

「中身は誰の死体ですの、トンブ様？」

うきうきと尋《たず》ねる声に対して、内容はあまりふさわしくなかった。

「残念だったね。生きてるよ」

「は？」

「お棺に入らないと生きてられない因果《いんが》な生き物だよ」

主人――チェコ第二の魔道士＝トンブ・ヌーレンブルクの返事に、人形娘は「？」マークの眼を、ぱっちりと見開いた。

「あ、キューケツキ」

「仰《おつしや》るとおりだ」

静かな声は苦笑混じりであった。

「あ、その声は――夜香様」

人形娘の顔がかがやいた。

「あら、では、こちらは？」

「開けてくれたまえ。私に合わせてしまったが、そちらは大丈夫だ」

白い繊手《せんしゅ》が蓋《ふた》にかかると、軽々と開いた。

紫のビロード布を敷きつめた内部に横たわる女は日方早苗であった。

トンブが近づいて覗き込み、

「ふーむ」

と唸《うな》った。

「あんたが運んできたとなると――この女は、何処ぞやの流れ者に血を吸われた。あんたはそいつを始末した。それなのに、喉の歯形も消えないし、吸われる前の状態に戻らない――だろ？」

「流石《さすが》ですな、トンブ・ヌーレンブルク、チェコ第二の――いや、世界第二の魔道士の名は、今もかがやいています」

「チェコ第二、世界で二番目――」

巨体の主は細い眼をさらに細くして、

「はいはい、あたしゃどうせ二番目さ。偉大な姉貴《あねき》が、死んでも邪魔をしやがるのでね」

「それは致し方ありませんわ」

と人形娘は遠い眼をした。

「この世界のナンバー1《ワン》は永久にガレーン・ヌーレンブルク様。その魔法の実力、お人柄のよさ、支えるお仲間の数――どれを取っても凌《しの》ぐお方はおりません」

トンブが、不平面《ふへいづら》をした。ちら、と横目で見て、

「加えて、そのお姿の麗《うるわ》しいことと言ったら。風にしなる白樺《しらかば》の優雅さと厳《きび》しさ、陽光に立ち昇る朝《あさ》靄《もや》のスマートさ――」

頭上で、黒い羽搏《はばた》きが生じた。

「ソレクライニシテオケ」

嗄《しわが》れた声の主は、大鴉《おおがらす》であった。この家で日夜繰り広げられる、穏《おだ》やかで陰険な戦いの調整役である。

爆発寸前まで膨《ふく》れ上がっていたトンブの顔が、何とか原形まで復帰したのを、またも横目で窺《うかが》い、人形娘はうすく笑った。それから、小さく、あっ⁉と放った。

棺の女が、両手を前に伸ばし切った姿勢で、ゆっくりと上体を起こしたのだ。

そのまま立ち上がる、と誰もが思ったが、女は垂直に棺から浮き上がった。

「あら？」

首を傾《かし》げる人形娘の隣《となり》で、トンブの眼が妖《あや》しい光を帯びはじめた。

その間にも天井すれすれまで上昇した女は、右に左に移動を繰り返していたが、その折り何度も両腕の中に何かを抱きすくめるような動きを示した。

一分ほどそうした後で、トンブが、ふん、と嘲《あざけ》り、ミットのような手を、ぼんと打ち合わせた。

女は垂直――まさに棺の真上であった――に降下し、静かに元の寝姿に戻った。少しの間を置いて、トンブがタラコのような唇を開いた。

「犠牲者が主人の呼びかけに応じるのは、吸血鬼事件の特徴だけど、昼間となると自発的行為だわさ。しかも、空中浮遊までやらかすとは――うーむ、この主人は滅びちゃいないね」

「やはり」

もうひとつの棺が言った。

「しかし、確かに塵になるのを目撃したのです。私の知る限り、あのレベルの者が、塵から甦《よみがえ》った例

はありません」

「だとしたら——幻でも見たか、そいつの魂が何処かに保管されているか、だわさ」

「魂が？」

「そうだわさ。一度塵になったのは、宇宙が決めた吸血鬼の最期《さいご》だからさ。しかし、魂が地上に残る以上、その身体は難なく甦る。何度、滅ぼしても同じ繰り返しだわさ。当然、その女も永劫《えいごう》に安らぎを得られないってことになる」

「魂を抜き取った相手と、その方法はお判《わか》りになりますか？　私のほうも調査しましたが、該当者《がいとうしゃ》はみな死亡しています」

トンブの太い眉《まゆ》が、ぴくりと動いた。

「——本当に？」

「はい」

「——知りたくないんじゃないのかい、そいつの名前を？」

「滅相《めっそう》もない」

トンブは、邪悪な笑顔を閉じた棺に当てた。

「ま、わかるけどね。こんな真似《まね》ができる魔性《ましょう》はひとりしかいないよ。——ドリアン・グレイさね」

人形娘が、ひっと息を引き、棺の声は、

「やはり」

と言った。

「その麗筆《れいひつ》——人間のみならず、動物、植物、鉱物を問わず、森羅万象《しんらばんしょう》——魔性の魂までを絵画に封じ込め、モデル本人は永劫に老いを知らず、となり」

トンブが小さくつぶやいた。

この魔物を魔物とも思わぬ傲岸不遜《ごうがんふそん》な女魔道士にも、恐怖の対象があることを、人形娘は初めて知ったが、笑いとばす気にはならなかった。棺の主ですら沈黙したのである。

ややあって、彼は、

「ドリアン・グレイ——呪われた肖像描きよ、汝《なんじ》、いま何処《いずこ》？」

と骨がきしむような声でつぶやき、

「この女性を使って、それも探《さぐ》っていただきたい」

と申し込んだ。

いつもなら、

「幾ら出す？」

とホクホク顔のトンブが、今回はタラコ唇をへの字にひん曲げ、固く眼を閉じて、動かなくなった。

姿なき画家の筆は、〈新宿〉の両総帥《そうすい》ともいえる二つの存在を、凍りつかせるに足る魔力を有しているのであった。

3

「ミス・トンブにも完全にはわかりませんでした」

しゃべる棺を、秋せつらは無言で見下ろした。天《てん》下泰平《かたいへい》事もなし、といった表情にもさすがに憮然《ぶぜん》たる翳《かげ》がある。

〈秋人捜しセンター《DSM》〉の六畳間であった。

「よほど強力な護符《タリスマン》か、防禦《ぼうぎょ》魔法を身につけているのでしょう。単に魂を隠す場所が巧妙なだけでは、こうはいきません」

「それでか」

せつらの脳裡《のうり》には、画家のバラバラ死体が焼け跡から発見できなかったというニュースが揺曳《ようえい》していたかもしれない。

「夜なら、わが一族の手でいつかは見つけます。昼間はあなたの御手《おて》をわずらわすしかありません」

「はいな」

引き受けたという意味である。

「で、トンブーは？」

「泡《あわ》を吹いて倒れました」

「…………」

「すぐに回復しましたが、これはとんでもない力が守護していると」

「ヤバイな」

「え？」

「何でも」

せつらの腹の中は、ドリアン・グレイが生きている以上、フランケンシュタインの造り出した〝恋人《メイト》〟も必ずそこへ向かう。そこに封じ込めた魂が集合していればよし、駄目《だめ》でもドリアン・グレイをひっ捕まえて口を割らせれば、依頼された件がまとめて解決できるという読みだ。

「ドリアンの、奪った魂への執着は？」

「凄まじいと聞いています。彼の現世の生命《いのち》の素《もと》ですから」

「どうカッコつけても、死にたくない、と」

「おそらく」

「不老不死も厄介《やっかい》なものだ」

棺から同意の雰囲気が漂ってきた。

この美しい若者が口にすると、妙に説得力がある。

せつらは窓の方を見て、

「少し待つ？」

「え？」

「何でも」

「………………」

「とにかく引き受けた。帰れ」

とんでもない言い草を口にしたとき、インターフォンが鳴った。

出るとすぐ、アルバイトの声が、ねっとりと、

「店長にお目にかかりたいという方が見えていますす」

「誰？」

「ドリアン・グレイさんです」

「はあい。お通しして」

せつらはスイッチを切って、

「聞いてた？」

「確かに」

「出られる？」

「残念ながら、もう少しです」

声には闘志と——焦《あせ》りが含まれていた。

「聞いてて」

短いが重大な会話が交《か》わされ、せつらが三和土《たたき》の方へ眼をやったそのとき――ドアがノックされた。

「どなた?」

せつらが訊いた。いつもと少しも変わらぬ、のんびりした口調に、

「ドリアン・グレイと申します」

冷え冷えと――冬の夕映《ゆうば》えのような声であった。

間違いない。

捜《さが》すべき若者の下へ、捜されるべき若者が訪れたのであった。

「出ない」

せつらはこう言って棺の蓋を軽く叩いた。それから、

「カム・イン」

ドアのロックは妖糸《ようし》で外し、妖糸は訪問者を値踏みすべく態勢を整えた。

ドアの形をした重い光の中に人型が黒々と描き込まれていた。

「失礼します」

と前へ出た。

金髪碧眼《へきがん》、ヨーロッパの誇りともいうべき身体的特徴の下に、血の気の薄い唇がゆるやかな笑《え》みを浮かべていた。

皮膚は黄金《きん》色をひっそりと帯びているかと思《おぼ》しく、よくよく眼を凝《こ》らした者だけが、その下を這う青い管《くだ》に気がつくと思われた。

ベージュのジャケットと葡萄酒《ワイン》色のヴェストは数年前のデザインでありながら、数百年前の大都会の裏通りを歩くほうが似合っていた。無造作《むぞうさ》に巻いたシルクのマフラーが、鈍《にぶ》い光を放っている。

棺を見て、にやりと浮かべた笑みは、万人《ばんにん》の身の毛をよだたせるだろうが、不気味なのか美しいせいか判断できる者はいまい。

「上がってお座り《ウェルカム・トウ・アンド・シットダウン》」

せつらが棺の隣に座布団《ざぶとん》を置いた。相手が日本語

なのにこう出たのは、カッコつけであろう。

「日本語で結構」

と訪問者は言った。

「何度か来ている。滞在日数を合わせれば、五年以上になるか」

「それはどーも」

ドリアン・グレイは、それでも静かに正座の形を取ってみせた。腰が据わって背すじに入った芯《しん》が、ぴたりと腰骨から頭頂までつながっている。見事なものだった。

「絵描きは絵になるか」

「何か？」

ドリアンが視線を当てた。

「何でも」

せつらは首の後ろを手刀《てがたな》で叩きながら、

「御用は？」

「この家にある、私の絵を返していただきたい」

声優にこんな声のがいたな、とせつらは思った。


「え？　あ？」

「二日前、火災に遭遇《そうぐう》した家にあった裸女の肖像です。あと一回で完成のはずだった」

「へえ」

「君は私を覚えていないが、私は君を覚えている。床の上から見上げたよ。この鋼原《こうげん》のような世の中に、かくも美しい男がいるものかと、死にながら感動さえ貰《もら》った。おかげで苦しみが少し長引いたが」

「気がつかなくて失礼」

「君のような人間は、醜《みにく》いものを見てはならない。必要に応じて君の眼を伏せさせる召使いが欲しいところだな」

「気が合いそう」

「それはよかった。で、返してもらえるね？」

「返したらどうするつもり？」

ドリアン・グレイの瞳が棺を映した。

「こちらは？」

とせつらに訊いた。

「私は夜香。吸血鬼なるものだ」

「知っている。前に来た時も会いたいと思っていた」

「私にも訊きたいことがある、ドリアン・グレイ。吸血鬼の魂を封じたことがあるか?」

「そうさな。この一〇〇年の間に何人かは?」

「真藤という」

「それなら——四日前、この街で」

透《す》けた虫のような唇が、侮蔑《ぶべつ》の形を作った。

「〈新大久保〉の酒場でモデルを物色していたら、向こうから声をかけてきた。絵を描き終えたら私の血を吸う魂胆だったのだろうが、その日のうちに魂を封じ込まれた」

「なぜ、野放しにした?」

と棺が訊いた。

「興味がないからだ。脱《ぬ》け殻《がら》には、な」

「その脱け殻が、血を吸いまくっている。真の不死者となって」

「それはそれは。吸血鬼は別らしいな」

「奴の魂が絵の中に封じられている限り、奴は滅びない。あいつひとりのせいで、この街は、いや、世界は、トランシルヴァニアの伯爵《はくしやく》を迎えて一〇〇日を経た倫敦《ロンドン》のようになるぞ」

「——確かに」

「あの」

とせつらが片手を上げた。

「何か?」

ドリアン・グレイは笑顔を作った。

「——何しにここへ?」

「魂——とそれに付随《ふずい》するものを得るため」

「それなら他の土地でも」

「例えば若さは生命の象徴だ。この星に降り注《そそ》ぐ宇宙線が日に何億本あると思っている? そのために破壊された細胞の数は? 人が老い、死ぬのはそのためだ。癌《がん》? 心臓病? 病などそのささやかな結果のひとつだ。しかし、若さとは平然とそれを乗り切ってしまう。生と死の流れの中で、最も重要な言葉は、青春だ」

「だから、ここじゃなくても」

「この街が宇宙線を食い尽くしていると知っているかね？」

「はあ？」

せつらの反応は、ドリアン・グレイの笑いを誘った。

「失礼、一介《いっかい》の人捜し屋にわかるはずもないな。宇宙線のほぼ一〇〇パーセントは、人体、建物——万物《ばんぶつ》を通過し、地球を貫いてふたたび宇宙へと消える。だが、〈新宿〉に注いだ宇宙線が、外へと出た例《ためし》は皆無なのだ」

「へえ」

魔性の画家はまた嘆いた。

「君は——実に面白い男だな。天然と言われないか？」

「なぜか、しょっ中」

「はは。とにかく、〈新宿〉の住民は、その滅びを促進する外宇宙からの侵略者を、ことごとく食いつぶしてしまうということだ。従って、この街に生きる者たちの青春は、〈ゲート〉の外を遥《はる》かに凌《しの》いで美しく燃え上がる。それが私がここへ来た理由だ」

「なぜ、前の時に留《とど》まらなかった？」

「怖かったのだ」

「へえ」

「世界中を巡《めぐ》り、魂を吸い取って生きてきたこの私が、〈新宿〉にだけは居られないと思った。私はまだ未熟だったのだ。あのとき留まったら、私は〈新宿〉自体によって滅ぼされていただろう。この街に受け入れられるには、私は度量不足だったのだ」

「そして、吸血鬼の魂と若さを吸い取ったか。男を上げるために」

棺の声は辛辣《しんらつ》に指摘した。

「〈新宿〉に満ちる生命を吸い取るためにやって来て筆をとる——なんという月並みな動機だ、ドリアン・グレイ。正直、失望したぞ」

「なら、真藤を斃《たお》してみろ。話はそれからだ」

「交換」

　とせつらが声をかけた。

「何をだ？」

　ドリアン・グレイの眼が細まった。

「裸女像と真藤とやらの肖像画」

「ふん。悪い取引じゃないな」

「はい、成立」

　せつらは手を叩いた。

「いや、不成立だ」

　異を唱《とな》える棺を、二人は見つめた。

「掟《おきて》破りの若者の生命のために、誰かを犠牲にするわけにはいかない」

「そのとおりだ」

　ドリアン・グレイがうなずいた。

「私も交換するつもりはない」

「あれれ」

　せつらが肩をすくめた。すくめる気などかけらもないすくめ方だった。

「では、どうする？」

　と棺。

「肖像画だけ貰《もら》っていこう」

「取ってみるか？」

「棺の中で凄《すご》むなよ」

　画家は嘲笑った。その表情が強張《こわば》ったのは、あることに気づいたからだった。

　窓の外には闇が広がっていた。

　ドリアンは、せつらに怒りの視線を注いだ。彼は明かりを点《つ》けていたのだ。闇の存在に気づかれぬように。

　棺の蓋が音もなく開きはじめた。夜香の時間《とき》が到来したのだった。

第三章　花嫁の行く末

1

ドリアン・グレイは青く澄《す》んだ眼で、開きゆく棺《ひつぎ》を見つめた。やや緊張の面持《おもも》ちだが、慌《あわ》てたふうはない。吸血鬼と相まみえるのは、初めてではないのだ。

蓋《ふた》は、青い天鵞絨《ビロード》の内張りを見せたところで止まった。

影が空気と人工の光に馴染《なじ》むかのように、夜香が立ち上がった。どうやって棺の外へ出たのか、せつらにはどう考えてもわからなかった。

「ドリアン・グレイ――その名は霧の都で聞いた。社交界の女たちはおまえと一緒に白い霧の中を歩きたがっていたものだ」

「何処《どこ》へ行くとも知らずにな」

ドリアン・グレイの声には、嘲笑《ちょうしょう》が込められていた。不死を得た者にとって、限りある生命《いのち》の思惑《おもわく》などお笑い種《ぐさ》なのかもしれない。

「このような形ではなく、会いたかったが、やむを得んな」

「元は絵師ではなかったはずだ。他人の魂《たましい》を絵に封じ込めることを覚えたのは、いつからだ？」

「忘れたな。長い長い時の果てに」

「長い時？」

夜香の眼に小さく、しかし星の爆発にも似た光が点《とも》った。

「我ら一族を知った上で、時間《とき》の話をしたいのか、ドリアン・グレイよ？　長さというものの意味をおまえは知っているのか？」

それは別の不死者をも沈黙させる悲しみと怒りと――倦怠《けんたい》に彩《いろど》られていた。

「まあ、よい。おまえと時間《とき》の話をしてもはじまらん。おまえは我が術中に落ちた。外には一族の者が待ち構えている。一緒に来い。それとも、真藤の魂を封じたキャンバスの在《あ》り処《か》を吐いてここで果てるか？」

おい、とせつらは言いたかったかもしれない。

ドリアンの返事は早く、不敵であった。

「私の用は後日に廻《まわ》す。帰るとしよう。付き添いは不要だ」

「そうはいかん。一歩外へ出れば、一族の者が、おまえを捕らえて〈戸山《とやま》〉まで運ぶ。八つ裂きにしながらな。死なぬまでも痛みは辛《つら》かろう。〈戸山町〉までは遠いぞ」

「汚《けが》らわしい化物《ばけもの》の住《す》み処《か》など真《ま》っ平《ぴら》だ。私はこの足でアトリエへ戻る。退《ど》きたまえ」

ひとすじの光が夜香の口とドリアン・グレイの喉《のど》元《もと》をつないだ。光は長さ三〇センチにも達する針であった。

「…………」

それに手をかけ、ドリアン・グレイは引き抜こうと身をよじりながら、三和土《たたき》へ下りた。

「逃がさん」

夜香の口は言葉と針を吹いた。

二本ともドリアン・グレイの膝《ひざ》を射《う》ち抜き、世紀の二枚目をひざまずかせた。

だが、膝歩行で彼はドアに辿《たど》り着き、身体《からだ》ごと転がり出た。

「これしき」

つぶやくと同時に、針はすべて抜け落ちた。

夜香が右手を上げた。

「殺せ」

せつら宅の屋根が黒い人影を孕《はら》んだ。

闇に生きるしかない影たちは、その闇ゆえに自在であった。

屋根から宙へと躍《おど》りながら、彼らは黒い上衣《うわぎ》を夜の翼《つばさ》のごとく広げた。その腋《わき》の下から、溜息《ためいき》のような圧搾音《あっさくおん》とともに黒い矢が射ち出された。鉄《くろがね》で出来たそれらは、一本の射ち損《そこ》ねもなく、ドリアン・グレイの全身を矢ぶすまに変えた。

ハリネズミと化した姿で、ドリアン・グレイは走った。

〈秋人捜しセンター《DSM》〉の地所から通りへ出て、反対側に停《と》めてある赤いアルファロメオに走り寄る。オートロックのドアを開けた刹那《せつな》、全身から矢が抜けた。アスファルトを震わせる鉄の響きは、新たな攻撃にと跳躍した夜の一族を金縛《かなしば》りにした。

「やはり――連行するには、バラバラにするしかないか」

〈秋人捜しセンター〉の庭に出ていた夜香が低くつぶやき、茫《ぼう》とこれを見つめていたせつらは、もっと茫洋たる表情をこしらえた。

　アルファロメオの排気音は、独特なリズムを奏《かな》でる――〝アルファロメオ・サウンド〟のその名を、波紋のごとく夜気《やき》へと広げながら、車は鮮《あざ》やかにハンドルを切って、〈新宿駅〉方向へと走り去った。

　影たちが幾《いく》つかその前方へ躍り、二つが撥《は》ねとばされた。

「糸はつけましたか?」

　立ち尽くす夜香が訊《き》いた。

「うん」

と答えて、せつらはこう続けた。

「わざと?」

　夜香はうなずいた。

「斃《たお》せないのはわかっていました。配下の者たちに襲わせたのは、追跡が目的と奴《やつ》に悟《さと》らせないためです」

「でも、バレぞ」

「そのときは、あなたが」

「合理的だね」

「恐れ入ります」

　夜香は深々と頭《こうべ》を垂《た》れた。

だが、この追跡は失敗に終わった。

　ドリアン・グレイのアルファロメオは、〈十二社《じゅうにそう》〉近くの路地に突入した。地を走り、空を飛んで追尾《ついび》中の影たちのうち、その先が行き止まりと知悉《ちしつ》していた幾たりかは、うす笑いさえ浮かべた。

しかし、彼らの顔前で、いささかもスピードを落とさず石壁へと突進したスポーツ・カーは、忽然《こつぜん》とその中に吸い込まれたのである。

排気煙のみ残る路地に並んだ影たちは、石壁の表面に描かれた〝絵〟を目撃した。〈区外〉でも自称芸術家の物した落書きや、真摯《しんし》なイラストが街の壁やビルの外壁を飾るのはざらである。中にはプロが眼を見張る佳作や、街の美化作用を推進するとしてそのまま残される傑作もある。だが、影たちの前に広がるのは、そのどれをも凌《しの》ぐ実在感を備えていた。

それは石の壁にこすりつけられた絵の具の具象《ぐしょう》ではなかった。車が走り抜けたのも当然と思えるサイズと奥行きの隧道《トンネル》であった。影たちのうち、先頭の二名は、小さくなる尾灯《テールライト》を追わんとして突入――頭部と顔面を砕いたほどである。

そして、いかなる物体をも切断し、かつ切断され得ないと言われる秋せつらのチタン鋼の妖糸《ようし》も、その絵の正面で切り離され、虚《むな》しく地を這《は》っていた。

ウイスキーのダブルを一気に空《あ》けて、他の客たちに感嘆の暇《いとま》も、誘う隙《すき》も与えず、女がワン・ショット・バーを出ていくと、

「強《つえ》えなあ」

「あれくらいイケるなら、通り魔に襲われたって、火ぃ吹いて撃退しちまうぜ」

「まったくだ」

客たちは口々に賞讃した。奇妙なことがひとつあり、彼らもそれに気づいてはいたが、誰ひとり口にしなかった。

女の美貌《びぼう》と官能的とさえいえる肉体への感想は、すべて封じられていたのである。

〈早稲田大学〉近くの小公園に女はいた。彼女の住まいへ辿り着くには、そこを横切るのが最短だったのである。

一度、パトロールの警官とすれ違ったが、彼らもぎょっとしたふうな一瞥《いちべつ》を与えただけで見送った。

そこを曲がれば出口という地点まで辿り着いた時、女の前方――三メートルほどの路上に、ふわりと黒い影が舞い下りた。

よれよれの上衣とズボンをはき、だらしなく広げたシャツの胸元《むなもと》にふさわしからぬ美貌の主であった。

その両眼だけが闇の中で赤く燃えている。

「吸血鬼」

恐怖のせいか、妙に抑揚のない声であった。

「いい女だなあ」

と男――真藤は呻《うめ》いた。

「久しぶりに顔と身体がぴったりの女に会った。いつもはこの場で始末するが、おまえは――一緒に来い」

手招いた。

女は冷たいとさえ言える眼差《まなざ》しでそれを見つめていたが、ふら、と前へ出た。

真藤の姿が消えた。

いつの間にか、女の両肩に乗っているではないか。少しの重さも女は感じているように見えないのが不思議だった。

「二人で道行きと洒落《しゃれ》る前に、まず、喉しめしをいただくとするか」

女が声の方へ顔を向けた。それまで両肩に重さを感じなかったのだ。

闇の中にも仄白《ほのじろ》く浮かぶ、男の欲望をそそるようなじであった。その横のその下を走る生命の源《ライン》へ、吸血鬼の牙《きば》が吸い込まれた。

真藤の眼は狂気の昂揚《こうよう》に満たされ、喉仏《のどぼとけ》が激しく動いた。生あたたかいものが喉に流れ込んでくる快感――だが、

「ごわあああ」

苦鳴とも絶叫ともつかぬ叫びを噴《ふ》き上げて、彼はのけぞり、両手を喉に当てた。口から血が溢《あふ》れた。

吸いたての生血は、たっぷりと赤血球を含む鮮血であった。

だが、それは温かくも美味でもなかった。氷海の水のごとく冷たく、不死者の内臓すらも焼け爛《ただ》れさせる毒血であった。

自重消失の術さえ忘れ果てて、真藤は地べたに転がった。その九穴《きゅうけつ》から毒煙を噴きながら。

のたうつ身体のかたわらに、しなやかな姿が立った。

平凡なジャケットとジーンズ。だが、ひっつめ髪を留めた珊瑚《さんご》の髪飾りだけは、ちりばめたダイヤのかがやきが、この女が秘めた謎を示していた。

女は真藤の顔の横に移動するや、平底のブーツをはいた右足を持ち上げ、一気に踏み下ろした。

間一髪躱《かんいっぱつかわ》し得たのは、吸血鬼の超人的な反射神経によるものだが、それでも半分だった。

真藤の顔の左半分は、アスファルトに吸収されていた。

残る半分――破壊された断面からは脳も見える。鼻孔《びこう》も歯も舌も、それらを収めた部位も、名刀で切り落としたかのごとく鮮明に見て取れた。リアルこの上ない解剖《かいぼう》図ともいえた。

真藤は跳ね起きた。その眼前に女が迫った。

男の舌が「待て」という形に動いた。その両肩を摑《つか》むや、鳩尾《みぞおち》に女の膝がとんだ。肉と内臓がつぶれるだけでは済まなかった。四方にとび散る光景は爆発に似ていた。

女は真藤の正体に気づいていた。

二発目の膝は左胸にめり込んだ。

真藤の身体が痙攣《けいれん》に震えたとき、女がやって来た方角から、足音と笛の音が聞こえた。警官隊である。

中身を抜き取られた家畜の死骸《しがい》と化した真藤を突きとばし、女は出口の方へと走った。

駆けつけた警官隊の見たものは、青い芝生《しばふ》のあちこちで白煙を上げて消滅しかけている肉片と、芝の一カ所から奥へと、血を流す蛞蝓《なめくじ》が這ったかのように続く、ねじ曲がった赤い筋だけであった。筋は七メートルほどで途切れていた。膝蹴《げ》りから数秒後のことである。

さらに十数分後、女は築一〇〇年は超えそうな木造アパートの一室で、一枚のポスターを眺めていた。戻る途中で電柱から剝《は》がしたものである。

哀しみの歌姫、〈魔界都市〉を歌う

惹句《じゃっく》のかたわらで、黒いスーツ姿の娘が、歌唱ポーズを取っていた。

文句に嘘《うそ》はない。黒瞳《こくどう》が映しているのは果てしなく深い闇だと、女は見て取った。

「生まれてからずっと。そうでしょ?」

女の唇からその名が発されたとき、〈区外〉――銀座《ぎんざ》のホテルで恋人と過ごしていた女性歌手は、首すじを這う彼の唇への反応を忘れたように、空中を見つめた。

「どうした?」

〝成り上がりの頂《いただき》〟という異名《いみょう》を取る恋人は、唇に舌も加えたが、歌手は返事の代わりに、こう口ずさんだ。

揺《ゆ》り籠《かご》の中に　いるのは誰《だあれ》
揺れて揺れて
あなたの守り星まで　届けましょう
ほら　夕暮れに　もう光ってる

男がしばらく沈黙していたのは、娘のことなら何でも知り尽くしているはずの自分が、初めて耳にする曲だったからではない。凄《すさ》まじい孤絶感に麻痺《まひ》してしまったのである。

それだけで女は口を閉じ、少ししてから、呪縛《じゅばく》から解き放たれたように、いつもの笑顔をみせた。

「どうして、泣いているんだい?」

彼が伸ばした手を、女は不思議そうに見つめた。

彼はそっと女の眼元を拭《ぬぐ》った。それで、女は知った。

「――どうして、泣いていたのかしら？」

声は彼の胸に当たって、そして消えた。

抱きしめられるのは、幸せな気分だった。いつだって。なのに、なぜ悲しいのだろう。

今、女は、砂嵐の彼方《かなた》にあると云《い》う楼蘭《ローラン》の都へと旅立つ隊商のひとりのように孤独だった。

「明日は〈新宿〉だな」

彼の声は、汗みずくの肌に熱砂を叩《たた》きつける風だ。

「待っているわ」

「誰を？　誰が？」

風もとまどった。その胸の中で、女は首を横にふる。

「わからない。でも、明日、私は〈新宿〉の闇に溶ける」

「月並みな歌詞だぜ」

「その代わり、あの街の闇が何で出来ているか――私が初めて暴《あば》いてあげる」

彼が女を押しやったのは、その声のためか、表情のせいか。

過《あやま》ちに気づいたようにすぐ抱き寄せて、彼は口ずさむ。

「そんなことしたら、君が〈新宿〉になっちまうぞ」

2

その日、外谷良子《よしこ》は久しぶりにオフィスのベランダへ出て、布団《ふとん》の虫干しに精を出していた。室内からは、この二日ばかりかけっ放しの歌謡曲「大利根《おおとね》の土左衛門《どざえもん》」が朗々と流れてくる。

布団乾燥機も使わず、昔ながらの割烹着《かっぽうぎ》に襷《たすき》掛けで、ふくれ上がった敷き布団を、ばんばんぶっ叩く太った女情報屋の姿は、一種の珍景であった。

チャイムが鳴った。

「ぶう？」

と定番を洩《も》らしてから、

「どおれ」

と室内へ上がった。鱈子《たらこ》のような唇は疑問の形に曲がっている。電話番号やメアドならともかく、やり方はさっぱりわからないが、遅くとも数日、早ければ一日どころか数時間、数分単位で移動するオフィス「ぶうぶうパラダイス」への訪問者は、奇蹟《きせき》のような偶然がもたらしたものか――或《あ》いは、セールスだ。

ミットに生《は》えた巨大芋虫《いもむし》のような指で、携帯を取り出し、ひとつしかない専用キイを押す。指が太くて、ひとつプッシュするとまとめてになるため、押し方で用途を変えるのだ。チャイムもインターフォンも、仕事中は携帯に接続してあった。

「どなた、ぶう？」

左手に携帯を持つのはいいが、右手には布団叩きをふりかぶっている。用心深い性質《たち》なのもあるが、とにかく戦争――そういう人生なのだ。

「エリザベスと申します」

綺麗《きれい》な日本語であった。

「むう」

外谷の表情が嫉妬《しっと》に歪《ゆが》んだ。何であれ、自分より優《す》れた資質は憎むことにしている。しかも、その名前と顔に覚えがあった。せつらの電話だ。

「御用聞きはお断わりだ、ぶう」

「ごようきき？」

これはさすがにわからなかったらしい。ようやく肉厚の頬《ほお》が笑《え》み崩れた。

「セールスマンだ、ぶう」

「依頼人です」

「へえ。よくここがわかったね」

「勘《かん》です」

まん丸に近い顔に疑惑が広がり――すぐ尋常《じんじょう》に

戻った。せつらが捜し求めていた女。その捜しものとは何か、興味が湧いたのである。

モニターの画面に出した。

地味な上衣とジーンズが、およそ似合わない美女が立っていた。ぞっとするような美貌が、何処か合わない衣裳《いしょう》の内側に収まった肉体の完璧《かんぺき》さを示している。

えらいのが来たわね、と外谷は眉を寄せた。

女――エリザベスの要求は、

「ドリアン・グレイを捜してください」

であった。外谷は訳《わけ》知り顔で、

「へえ、あの絵描きをかい」

「あの人は絵描きではありません。人生の享楽者《きょうらくしゃ》でしょうか。常に青春の具現でいたい人なのです」

「ドリアン・グレイ」

と外谷は二度つぶやいて、

「最初は自分が絵のモデルになり、終《しま》いには自ら筆をとるようになった。そのモデルになった者は、例外なく魂をキャンバス上に封じられ、彼らも肖像画も永遠の青春を享受し得る。ただし、本体は脱《ぬ》け殻《がら》になってしまう」

見てくれとは別人のような深遠な口調で言い終えてから、ぶう、と放った。

「あんたの言うとおり、青春の具現だとしたら、そいつはとても残酷な男だよ」

エリザベスは、山に無関心な者が、霊峰を見つめるように無表情を保っていた。

「私には忘れられない人です。何処にいるか教えてください」

「ちょっとお待ち、ぶう」

外谷は奥の部屋へ入り、五分ほどして戻った。

「今のところ、まだ情報がないね、ぶう。一晩経《た》てば入ってくるよ」

「わかりました」

エリザベスは立ち上がった。骨がないのかと思うほどしなやかな、それでいて鉄の芯《しん》が入っているような動きであった。

外谷が言った。

「あんた――人間じゃないね、ぶう」

「明日、連絡します」

こう言って、外谷の要求する手数料を払い、エリザベスは去った。

外谷は溜息《ためいき》混じりに言った。

「人間《ひと》も来る。人間じゃないものも来る。けど、今のは厄介《やっかい》だよ。男と女のどろどろ模様――これほど面白いけど厄介なものはない。せつらめ、あの女の居場所を尋ねたとき、あんな化物だなんてひとことも言わなかった。しかも、追っかけの相手がドリアン・グレイときた」

その丸顔に、せつらですら見た覚えがないと言いそうな、深遠なる表情をこしらえると、外谷良子はソファに身を投げかけた。

それから、あ!? と洩らして、ぶうと放った。忘れていたらしい。

「ふむ。お昼にしようかしら?」

食欲増進の合図でもあったのか。

「それとも、トイレへ行こうかしら?」

極《きわ》めてリアルな二択を前に、首を傾《かし》げたとき、またチャイムが鳴った。

「むう。何事だ、ぶう」

一日二度、依頼者が訪れるのは前代未聞《ぜんだいみもん》の珍事であった。

「何者だ、ぶう?」

モニターに映ったのは、秋せつらであった。

「あらら」

せつらの依頼は、

「ある女性を捜し出してほしい。前にも一度頼んだが、それはそのときいた場所で、他人の部屋だった。今度は住まいだ」

であった。

「ほお、ぶう?」

「ヴィクター・フランケンシュタインの造り出した人造人間――念のため、名前はエリザベス」

と言った。

外谷はぷうと噴き出したくなるのをこらえて、ぶうと唸った。

――どうしたものかね

せつらの目的はエリザベスの居場所である。エリザベスが捜し求めるのは、ドリアン・グレイだ。目的が重複していない以上、せつらの依頼を叶《かな》えるのは職業倫理上問題はない。だが、今さっきまでエリザベスがここにいたことやその目的を告げるのは、さすがにためらわれた。さらに、せつらがエリザベスの下《もと》に赴《おもむ》けば彼女の目的に支障が出る。そして、ドリアン・グレイの行方《ゆくえ》が判明次第、外谷はそれをエリザベスに知らせなくてはならないのだ。その際の軋轢《あつれき》は、死すらも招くだろう。

「承知したわさ。すぐに調査するよ」

「よろしく」

せつらは席を立った。

そこで何か思い出したかのように、右手をポケットに入れ、紙袋を取り出すと、

「ひとつ」

とテーブルに置いて出ていった。

中身は肉マンであった。買ってきたばかりらしく、湯気が立っている。

何となく憮然《ぶぜん》たる面持ちで、しげしげとそれを見つめ、

「お茶にするかしらね」

番茶の用意を整え、TVを点《つ》けてから、がぶりとやった途端、しかつめらしいアナウンサーが、

「本日、〈歌舞伎町〉で、恐るべき共食い事件が勃《ぼっ》発《ぱっ》いたしました」

〝昼の〈新宿〉ニュース〟であった。

外谷が、やり場のない怒りを誰にぶつけてやろうかと思案している間に、せつらは小さな洋食屋へ入

った。

　レストラン、というより看板どおりの名前がぴったりの、何処か古風な店であった。

昼少し前なので客はひとりしかいなかった。隣《となり》の席にギター・ケースがかけてある。

　テレビがかかっている。外谷が激怒したのと同じ番組であった。じきに終わる時刻だ。

　警官と妖物《ようぶつ》との戦闘場面が、美女のUPに変わった。

「おや」

　と洩らしたのは、ハンバーグやフライの載《の》った定食《ランチ》をぱくついていたもうひとりの客である。

「〝スクリーン・アミューズ〟――KARINさんが三日間にわたる〈新宿〉公演のため、本日、来新されました。警備の都合上、宿泊先などは伏せられておりますが、明日からの〈コマ劇場〉公演は、すでに全席完売で――」

　サングラスをかけたせつらが席に着くと、半《なか》ば虚《うつ》ろな表情の娘が水のグラスを運んできた。

　シーフード・ピラフとポーク・ソテーとを注文した。娘はふらふらと去った。サングラスのおかげで意思の喪失を免《まぬが》れている。いわば半眠り男《ツェザーレ》状態だが、仕事は何とかこなすだろう。

　弦の響きがひとつした。

　厨房《ちゅうぼう》の前で、娘が不意に立ちすくみ、それから、ゆっくりと膝をついた。自らの行動に逆らうようなつき方であった。

　ああっ
　熱っぽい呻きがその唇を割った。抑《おさ》え切れない欲情の表現であった。

「悪いことをしたな、姐《ねえ》さん」

　定食の客が立ち上がって、ギター・ケースのジッパーを閉めた。

「おれのギターは特製でな。弦を一本弾《ひ》いただけで、人も獣《けもの》もやりたくて堪《たま》らなくなっちまう。いいんだぜ、我慢しなくても――あんた、そこの色男に魂まで盗まれちまってる。まったく、このおれでさえ、見てるだけでイキそうになっちまうくらいいい男だ。幸い、彼も今はあんたと同じさ。遠慮はいらねえ。抱いてもらうがいいぜ」

男はテーブルに札を置いた。

「釣りはいらねえ。じゃ、な」

ギターを肩にかけて歩き出そうとしたとき、厨房から中年の男がひとり、よろめくように現われた。

この店の主人だろう。彼はいきなり、うずくまった娘にとびかかり、床の上に押し倒した。

驚くべきは、娘が抵抗もせずに受け入れたことだ。主人の腰の動きに合わせて受け入れるや、自分から激しく腰をふりはじめた。

「おやおや。店の主人が狙っていたとはな。ま、しっかりやってくれ」

彼はせつらの後ろへ来ると、その肩に右手を置いた。

「兄さん、凄《すご》いね。おれの淫音《いんおん》を聞いて平然としてられるとは――やっぱり只者《ただもの》じゃねえな」

右手を離して男は戸口へ向かった。

手は離れなかった。

手首から切断されていることに男が気がついたのは、二歩進んでからであった。

「おかしな真似《まね》をする」

せつらは、床の上で合体した二人に眼もくれず、両手を耳に被《かぶ》せて離した。小さな耳栓《みみせん》がテーブルに落ちた。

職業柄、いかなる敵とも戦わねばならぬ身となれば、〝音〟の武器に対する準備も万全だろうが、しかし、いつ耳に入れたものか。

男は左手で切断部の元を握って血を止めようとしたが、それは最初から流れていなかった。驚愕《きょうがく》が一瞬、地獄の痛みを忘れさせ、

「兄さん――何者だい？」

と口走らせた。

「勘が働いた。おかしな奴だって」

のんびりと言った。耳栓を取り上げて、

「これしないと、僕も色魔だった。右手はお返しだ」

男は残る左手で右手を毟《むし》り取ると、恐怖と憎悪の念をその場に残して、出ていった。

「阿呆《あほう》」

せつらは軽く肩を叩いて、すぐに立ち上がった。床上の二人は絶頂に達しつつあった。いつ魔力が解けるかわからない以上、料理の出てくる可能性はない。

あーあと洩らして、せつらは店を出た。もちろん、勘定《かんじょう》は払わなかった。

3

ふた月ほど前、〈コマ劇場〉の隣に建設された〈東宝《とうほう》ホテル〉の、スイートへ入ってすぐ、KARINは脱出することに決めた。

公演の前日に目的地を訪れ、その日は街や土地の探訪に充《あ》てる。マネージャーや事務所からもきつく止められているし、今回は特にドアの外に二人もガードマンが立っているが、勝算は充分にあった。

「確か吸血鬼もいたわね。なら、陽も高いうちに」

くすりと笑うや、ジーンズとTシャツの上に小粋《こいき》なジャケットをはおっただけのしなやかな肢体《したい》は、一五階の窓に近づき、小さなスプレー缶を取り出すと、窓ガラスに吹きかけた。

みるみるガラスが溶けると、別の円筒を抜き出した。片方の端に鉤《かぎ》がついている。中身は一〇分の一ミリもない高分子繊維の紐《ひも》である。鉤を窓枠《まどわく》に引っかけてジャンプすれば、あとは地上すれすれで、ストッパーを作動させるだけだ。

「ごめんね、田岡《たおか》」

マネージャーの名前を室内に残して、KARINの姿は、三分後、〈歌舞伎町〉の路上を〈靖国《やすくに》通り〉方面へと上っていた。

厚い壁板のせいで、隣室の呻き声は聞き取りづらかったが、医学生の耳には、はっきりと聞こえた。

それがきっかり二分を超えたとき、彼は部屋を出て、声のするドアをノックした。不動産屋は希望の部屋を何室でも早い順に貸している。

一瞬、苦鳴は熄《や》んだが、応答はなく、またすぐはじまった。

「仕様《しよう》がない」

彼はドアノブを廻《まわ》した。鍵《かぎ》が掛かっている。シャツの胸ポケットから、いつも用意してあるやや太めの針金を抜き取って、鍵穴へ差し込んだ。ひと捻《ひね》りで鍵は外れた。

内部は彼の部屋と同じ広さがあった。何か特別な目的で使用するためであろうと察しはついた。

ほぼ中央のベッドの上で、住人が右手首を握りつつ、身悶《みもだ》えを繰り返していた。ベッドのそばにギター・ケースが落ちている。足音をたてないため、呻《しん》吟《ぎん》の主は気がつかない。

「痛みますか？」

問われて、ベッドの上の主は愕然とふり向いた。

「だ、誰だ、あんたは⁉」

驚愕の叫びも苦鳴混じりで、すぐに身体を丸めてヒイヒイ言い出したから、よほど凄まじい相手に切断されたらしい。床にもベッドにも血痕ひとつない。

「隣の者です」

と医学生は答え、一歩前へ出て、男の右手を取った。

「ぎええ」

殴《なぐ》りかかってくるのを、左手でブロックし、その手で首筋を摑《つか》んだ。男は全身を弛緩《しかん》させた。

素早く、傷口に眼を走らせ、医学生がこう告げるまで、五秒とかからなかった。

「これはとんでもない芸術的切断だ。放っておけば、死ぬまで痛みは取れません。私とドクター・メフィスト以外にはね」

男は、涙目でぼんやりと、端整な外国人の顔を見つめた。

「ドクター・メフィストと私だけって――あんた――誰なんだい?」

「失礼しました。医学生ヴィクター・フランケンシュタインと申します」

「フラン――ケンシュタイン?」

男は荒い息をつきながら、あらためて若者の全身へ視線をとばした。

「よくわからねえが――〈新宿〉だ。誰がいたって……おかしかない――あんた、この痛みを止められるのか?」

「現に今」

男は、はっとした。

「そういや――そうだ。だけど、また痛くなってきたぜ」

「少々、本格的な手術が必要です。任《まか》せてくれますね?」

美貌に似ず、或いは美貌どおりの冷厳で高圧的な物言いであったが、逆らう力は男になかった。この苦痛を逃《のが》れるためなら、親でも殺すだろう。

「任せた」

「よろしい。では、私の部屋へおいでください。すぐに手術を開始します」

男の身体が軽々と宙に浮き、医学生――ヴィクター・フランケンシュタインの肩に乗った。どちらも大柄とはいえないが、凄まじい膂力《りょりょく》であった。

男の部屋を出て、自分の部屋へ入り、戸締まりをして手術台に寝かせるまで、彼は呼吸《いき》ひとつ乱さなかった。

「ミュージシャンですね?」

手術灯を点けて訊いた。

「ああ……そうだ。痛くなってきやがったぜ」

「神経を少々麻痺させただけですから。ですが、あれほど広い部屋を必要とするのは――」

「…………」

「ただの騒音防止ではありません。音自体に危険な要素が秘められているのですね」

「──おれが寝てから調べてくれ」

フランケンシュタインは、返事の代わりに、右手首から先の手を凝視《ぎょうし》した。

「あなたのベッドの横にありました。持ってきてよかった。すぐつながりますよ。しかし、この切り口は芸術的と言っても差し支《つか》えありません。誰の仕業《しわざ》です？」

「えらいハンサムだ。サングラスをかけてたが、あれなしで見たら、魂まで吸い取られちまう」

フランケンシュタインは、ちら、と上目遣《うわめづか》いになって、うなずいた。

「わかりました。そんな技を使うとは。人は見かけによりません。なぜ、こんな目に──」

低い呻きが、ついに、という感じで男の唇を割った。

「戻ってきやがった。早く──頼む」

「いいでしょう」

フランケンシュタインは迷いもせず、実に不気味なひとことを洩らした。

「──話はあなたの脳とします」

「え？」

その顔を酸素マスクが覆《おお》った。

「医者が最も嫌う全身麻酔で行ないます。眼を醒《さ》ましたら、あなたにとって、世界は別のものに変わっていますよ」

その声を、温かく柔らかい雲に全身を包まれながら、男は神のもののごとく聞いた。

その日の夕刻──秋せつらの下に一本の電話がかかってきた。

〈学生〝モルグ街〟〉で、ドリアン・グレイのアトリエから救出したモデル女からである。

女はせつらに救われた翌日にもう病院を出たとい

い、少し寝惚《ねぼ》けたような虚ろな声で、

「ついさっき、〈モルグ街〉であの女を見かけたんです。今、『デュパン』って呑《の》み屋《や》にいます」

こう告げて、電話を切った。電話番号はガイドブックでも調べたのだろう。

推理小説史上に残る名探偵の名を冠した店は、〈学生〝モルグ街〟〉の他店と同様、学生たちがたむろする居酒屋であり、すでに安ウイスキーや焼酎《しょうちゅう》で酔いの廻った学生たちの放歌高吟《ほうかこうぎん》が、天井も壁も揺るがすイベント会場と化していた。

イベント会場というのは、店の中央に小さな舞台が設《もう》けられ、それ用の照明とマイクが用意されているからであり、今も喉自慢の若者がひとり歌い終えたところであった。

凄まじい調子っ外《ぱず》れの独唱であったが、客の方も頭の中で地鳴りや落雷がひっきりなしの酩酊《めいてい》状態であるからして、拍手は惜しまない。誰も彼もが満足した後、幸せな気分で舞台《ステージ》を下りるのであった。

ヴィクター・フランケンシュタインは、手術を終えて、患者の容態を可《よし》と判断した後、彼を伴《ともな》って部屋を出た。

簡単な施術《せじゅつ》ではあったが、一点の精神的弛緩《しかん》も許さぬ性格が、疲労の回復を要求したのである。患者を連れ出したのは——手術の成果を確かめる機会を求めて、であった。ただし、なくても構わないとは思っていた。

狭い通りを二本抜け、三本目を右へ折れたのも、気分の問題だった。折れた途端、「DUPIN」のネオンが瞳に灼《や》きついた。

店内は日本の居酒屋には珍しく——というより〈学生〝モルグ街〟〉の名前にふさわしく、厨房は店の奥に引っ込んで、二つの出入口で客席とつながり、中央の客席部分を取り囲むように、二階三階とテーブル席と座敷が配置されていた。

二人は正面左のテーブル席に着いた。

女店員がメモとボールペンを手に駆けつける前に、新しい歌い手が舞台へと進み出た。掛け声と拍手が店内を駆け巡《めぐ》った。

エリザベスが、その店へ入った理由はわからない。酒好きだったわけでも、ショーや賑《にぎ》わう席が好みだったわけでもない。この世に生み出された時から、そのような嗜好《しこう》とは無縁なのである。創造者が彼女の無垢《むく》なる脳に与えたのは、美の観念のみであった。

美しいもの、醜悪《しゅうあく》なものを見分け、愛し、憎悪する精神は、彼女が創造者と倫敦《ロンドン》で日々を送っていたとき、殺人鬼に追われ、逃げ込んだ部屋にいた若者に、魂まで焼き尽くす恋情の炎を燃やした。

その強さは——その情念しか知らぬがゆえに、創造主にさえ理解し難《がた》いものとなって、彼女の行動を規定してしまった。

「なんと美しい方だ」

とその若者は言い、自分は放浪の画家であり、死を求めてこの地へやって来たのだが、あなたを見て心変わりをした。あなたの美しさを是非《ぜひ》とも、私のキャンバスに封じ込めさせていただきたい。そうすれば、あなたは永遠に私とともに生きられる——こう告げた。

すでに若者の虜《とりこ》になっていたエリザベスは、あなたの心のままにと応じ、彼は三日三晩、絵筆をふるったが、最後の晩に、

「なぜ、できない。絵は完璧に描けたのに——魂が若さが封じ込められない！　おまえは——生命なくさまようものか!?」

こう叫んで筆を折り、キャンバスを引き裂いた挙《あげ》句《く》に火に投じた。

若者は去ったが、エリザベスは死なず、彼を求めてこれも倫敦《ロンドン》を去った。それからの出来事はよく覚えていない。魔性《ましょう》が集《つど》う街があると聞いては、足を向けた。そして、巡り会ったのだ。だが、自分で

も理解し難い衝動が、彼への抱擁《ほうよう》を圧搾に変えて心《しん》の臓《ぞう》を押しつぶした。それが無益な行為であることも知っていた。これまで四度彼と会い、その度《たび》に彼を殺し、そして彼は甦《よみがえ》ったのだ。陽光の下でまばゆく、月光の下で淫美なる永遠の若者――ドリアン・グレイとして。

そして、この街へ来た。

決着、という気がしないでもなかった。

だが、その冷たい鉄の精神《こころ》に生じたかすかな、小さな歪《ゆが》みに、彼女は気づいているのかどうか。

またもドリアン・グレイを解体し、目撃者の女を捜し求める途中で邪魔が入った。その顔を見てしまったときから、エリザベスの胸中には、凄まじい大渦が生じた。やがて渦は収まったが、静かに鉄の表面を軟化させ、決して消滅しようとしなかった。

酒を飲む必要がないのに酒場へ行くのは、他の者がそうするからだ。食事を摂《と》る必要もないのにレストランのドアをくぐるのも同じだ。この世界で生きるための、一種の同調にすぎない。

では、何故《なぜ》生きる？　自分は再会のたびにドリアン・グレイを殺す。そして、彼は甦る。だから生きるのか。永劫《えいごう》の生命を破滅させるために？　それは無への挑戦ではないのか？

〈モルグ街〉に合わせて用意された石畳の道を歩き、エリザベスは、ふと眼についた店へと入った。

迎えに出た男の店員が眼を丸くして頬を染めた。数秒、エリザベスを見つめてから、頭を激しくふって、二歩よろめき下がって、

「こちらへどうぞ」

先に立って煙草《たばこ》の煙とアルコールの匂《にお》いが充《み》ちる店内へ向かった。

席は一階正面やや左だった。

第四章　黒い恋ごころ

1

電話を受けてから一〇分足らずで、せつらは「デュパン」に着いた。

ドアの横に黒板がぶら下がり、出演者の名前が記されていた。

風《かぜ》しのぶ
とあった。因縁《いんねん》浅からぬ女性歌手とは半年近く行き来していない。

——風のごとくか
と、せつらが思ったかどうかはわからない。

半《なか》ば眠り男《ツェザーレ》状態の女店員に通された席は、一階左側の小卓《テーブル》であった。左右は近頃珍しく、ハンカチより手拭《てぬぐ》いが似合いそうなバンカラ型《タイプ》の学生だったが、せつらを見た途端に、口をぽかんと開いた痴呆《ちほう》状態に落ちた。

ノンアルコール・ワインを注文してから、せつらは椅子《いす》の背にもたれ、眼をつむった。

誰が見ても、バイトで疲れた学生である。その指先から、ひとすじのチタンの糸が流れ出て店内を巡《めぐ》り、ある女を捜《さが》し求めているなどと、誰が想像しただろう。


ドリアン・グレイが「デュパン」を訪れたのは、新しい生贄《いけにえ》を求めてのことであった。

彼が我がものとする若さ——生命《いのち》は、常に補充しておかねばならない。万にひとつもキャンバスに封じ込まれたそれが破損すれば、永劫《えいごう》の生にかけた指の一本を断たれる羽目《はめ》になる。それを回避するためにも、新たな若さ提供者の候補選びは欠かせないのだった。

店は最初から「デュパン」と決めていた。青春の集《つど》う店との評判は、〈モルグ街〉へ足を踏み入れたときから知っている。そこには彼の生命をつなぐ候補生たちが集まり、下手《へた》な合唱と異性への口説《くど》き文句に時間《とき》を費《つい》やしているに違いない。

彼はフロック・コートのポケットに手を入れ、ドアを開いた。

「いらっしゃいませ」

という虚《うつ》ろな眼と声に、彼は嫉妬《しっと》を隠せなかった。彼が原因ではなかったからだ。

紫のルージュに飾られた唇が、
秋せつら
と動いた。

案内された席は、右奥の片隅《かたすみ》だった。ポケットから取り出した品をテーブルに置いたとき、ようやく天与《てんよ》の美貌《びぼう》が笑《え》み崩れた。

「なぜ、今夜のこの時間にこの店を訪れた、秋せつらよ？　どうやら神はいるようだ。私を凌《しの》ぐ美貌の主よ、今夜こそ、私のものとなれ」

彼はテーブル上の品を手に取り、眼に当てた。カードのように薄いデジタル・カメラは、顔の動きに合わせて店内を巡りはじめた。

わずかな弧《こ》を描いたところで動きは止まった。左斜め後方から伸びた手が、カメラを持つ右手を押さえたからだ。

ふり向くと、二つの——いかにも体育会系といったごつい顔が並んでいた。

「何を？」

やや小首を傾《かし》げて尋《たず》ねるドリアンへ、

「この店は撮影禁止だ。入口にそう書いてあったろう？」

でっぷりと太った——相撲《すもう》部か野球部か見分けのつかない若者が凄《すご》んだ。

「ここは自由な店でな。他人のプライバシーを尊重するのが第一だ」

と二人目が低く伝えた。でぶより痩《や》せ型だが、拳《けん》頭《とう》が異様に盛り上がっている。空手だろう。こう続けた。

「だから、誰の写真も撮《と》ってはならない。撮られるほうも、撮影OKなんかしちゃいかん。ここだけの、この時間だけの顔が、外へ行って二つになれば、必ずトラブルに見舞われる」

「体育会系の割に、いいことを言う」

ドリアンの言葉は、二人を殺気の熱で倍も大きく見せた。

「何だと、この野郎」

「表へ出ろ」

でぶが、摑《つか》んだドリアンの右手を軽く捻《ひね》った。ポキリと鳴って、生白《なまじろ》い腕は接触部で折れた。

「お……」

これには愕然《がくぜん》と手を離したでぶへ、ドリアンはカメラを向けた。手は九〇度ひん曲がったままである。コンシール——隠匿《いんとく》レンズのせいで、カメラの表面は磨《みが》き抜かれた金属にしか見えない。

「よし」

ドリアンはうなずいて、ファインダーを覗《のぞ》いた。

「逆《さか》さまだが——見たまえ」

と、でぶの前に差し出した。


何とも奇妙な表情で、でぶはドリアンからカメラへ眼を移した。

瞳に何かが映った。

ひょっとしたら、のけぞって悲鳴を上げるつもりだったのかもしれない。代わりに彼は左胸を押さえて、前のめりに倒れた。

「自分の姿に驚くのは人の常だ」

冷ややかな声に、しっかりしろと相棒を揺《ゆ》すっていた空手男が眼を剝《む》いた。

「てめえ——何をした？」

「早く医者へ連れていかないと——死ぬ」

空手男は凶相《きょうそう》を歪《ゆが》めた。

近くの席の連中に声をかけ、でぶを連れ出すとき、ドリアンへ、

「戻ってくるぞ。待ってろ」

言い残して去った。

男の店員がやって来て、

「どうかしましたか？」

と訊《き》いたが、ドリアンはこう答えた。

「この国では、蝦蟇《がま》の油とかいう優《すぐ》れた薬を抽出《ちゅうしゅつ》する際、蝦蟇を鏡で囲うと聞いている」

何もわからずきょとんとする店員へ、

「彼は、油を流す代わりに、心《しん》の臓《ぞう》を病んでしまったのだ。はたして、醜《みにく》いのはどちらだ？　人か？　蝦蟇か？」

店員が立ち去ると、彼はまたカメラを向けた。

ファインダーの中を、地味なジャケットとジーンズ姿の女が舞台へと向かった。

ざわめきが熄《や》んだ。

触《ふ》れ合うグラスは凍りつき、学生たちの声帯は痺《しび》れ、店員たちの足音も止まった。

雰囲気が一変した。

みなぎる生気から——死気へと。

どれも死者の眼だ。

沈黙の店内を、しかし、意に介《かい》するふうもなく、女は備えつけのマイクを手にとって歌いはじめた。

揺《ゆ》り籠《かご》の中に　いるのは誰《だあれ》
揺れて揺れて
あなたの守り星まで　届けましょう
何も見えない　聞こえない
それが　あなたのいる世界

みな、死のうかと思った。

こんなものがあるとは思わなかった絶対の寂寥《せきりょう》が、何もかも呑《の》み込んで広がっていく。

この宇宙に自分ひとりだ。他に誰もいない。

学問なんか無駄だ。未来なんかなかったんだ。生きる？　何だそれは？　死ぬほうがよっぽどマシだ。いやいや、死ぬのも面倒だ。このままここで何もせずにいよう。

このとき、死神の影を見た者がいてもおかしくはなかった。

女はマイクを離し、店内を見渡した。何たる冷たい美貌か。これを創《つく》り上げるのは神ではない。若者たちの生気に溢《あふ》れた酒場は、死人の舎《いえ》に変わりつつあった。

女がもう一度、マイクに近づいた。

そのとき、出入口の近くの席から、虹色《にじいろ》の影が立ち上がったのだ。

イラスト付きの小粋《こいき》なジャケット。

大きな濃いサングラスをかけていても、小柄な全身からかがやき出るものは隠しようもなかった。

スターのオーラだ。

店内の喧噪《けんそう》がぴたりと熄んだ。誰もが感じたのだ。

「KARINじゃねえか」

何処《どこ》かで生じた小さな声が、ぬくもりの小波《さざなみ》のように広がっていった。

KARINだ
KARINだ
KARINだ

小波は潮《うしお》の力を得て、怒号のように店内を満たした。

一礼して、虹色の人影は女と並んだ。

「初めまして──KARINとよく似た女です」

どっと店内が湧《わ》いた。

「では、リクエストに応じて、KARINのヒット曲を」

熱狂が拍手の爆発と化して店を震わせた。

何の停滞もなく、KARINと瓜二《うりふた》つの女は歌いはじめた。同時に氷の女も唇を開いた。

すぐに、あちこちでざわめきが生じた。

「何だ、この歌は?」

「違うぞ」

「同じ曲だ」

揺り籠の中に　いるのは誰《だあれ》
揺れて揺れて
あなたの守り星まで　届けましょう

何も見えない　聞こえない
それが　あなたのいる世界

同じ曲を歌っている。

だが、何という差であることか。

虹色の女の声は限りなく温かく、店を閉ざした氷を溶かし、海の彼方《かなた》へ押しやった。

学生たちは涙した。二人が歌い上げたものは、生命のはかなさだったのである。そして、虹色の女の歌声は、死を招く女のそれを退《しりぞ》けつつあった。

女が後じさった。

舞台を下り、出入口へと歩き出す――その表情は造られたもののように冷たさを維持していた。

2

「エリザベス」

と声がかかったのは、女が夜の道に出たときであった。

女は立ち止まり、ぎこちなくふり向いた。

フランケンシュタインと――ギターを手にした若者が、店の前に立っていた。

「捜したよ」

とフランケンシュタインは言った。

「さあ、一緒に帰ろう。私たちにはスイスの山脈《やまなみ》と小さな美しい村が似合っている」

エリザベスの顔がみるみる変化した。皮膚《ひふ》の下におびただしい虫が蠢《うごめ》いているかのように、あらゆる部位の形が変わり、異形《いぎょう》のものとなり、そして、元に戻った。

「エリザベス」

フランケンシュタインの声が急に低く変わった。

「神の名の下《もと》に戻れ」

「神?」

エリザベスの柳眉《りゅうび》が、ぐいと引き上がった。

「神を信じる者が私をこしらえたというの?　あ

あ、イエス様、ここに反キリスト者《しゃ》がおります。彼の奉ずる神はギリシャの愚神《ぐしん》ゼウスに違いありません」

女豹《めひょう》が唸《うな》るように叫んだ。

「フランケンシュタイン」

呼ばれた医学生の全身が緊張した。

「私は神に抗《あらが》った男を二人知っているわ。人類に火を与えたために、永遠に内臓を禿鷹《はげたか》に食い散らされるプロメテウス、そして、神のみに許された生命の創造に成功したヴィクター・フランケンシュタイン。どちらも立派だった。あなたの生贄にされるのを、私は心から誇りに思ったわ。なのに、私が別の男性に心奪われても、あなたは何ひとつしようとしなかった」

「相手はドリアン・グレイだ。そして彼は君に執《しゅう》心《しん》した。不死の秘密と引き換《か》えに、絵のモデルにしたいというほどにな。私は医学を学ぶ者として、その申し出を拒否できなかった。考えてもみろ、生命の創造に成功し——それからろくすっぽ間を置かずに、不老不死の秘密が手に入るのだぞ。いかなる犠牲を払っても——」

「私の犠牲度はどんなレベルだったのかしらね。お目当てのものは手に入ったの？」

「残念ながら」

フランケンシュタインは眼を伏せた。

「君が人間じゃないと知った時点で、約束は反古《ほご》にされた。やむを得ん」

「そして、私を捜しはじめた」

エリザベスの声に、嘲《あざけ》りが含まれた。

「当然だ。君は私の傑作だからな」

「私はもう帰らない。まだ、あの人が忘れられないの」

「おいおい。何度殺せば気が済むんだ」

うんざりした口調だった。エリザベスが身を屈《かが》めて、足下《あしもと》の小石を拾ったのは、このせいかもしれない。

投げる手は見えなかった。

フランケンシュタインの額《ひたい》が鋭い音をたてた。

エリザベスは彼の眉間《みけん》へ石を投じたのだ。それは音速《マッハ》を超えて頭蓋骨《ずがいこつ》を貫《つらぬ》き、後方へ脳漿《のうしょう》を撒《ま》き散らすはずであった。

手が石を受け止めていた。

フランケンシュタインの左手は、これも超音速で動いたのだ。

エリザベスが身を翻《ひるがえ》して走り出す。

弦の響きが追った。足は止まらなかった。

不意に女は停止した。

眼の前にフランケンシュタインが立っていた。

ごお、と風がエリザベスをよろめかせた。吹き乱された髪の毛を掻《か》き上げながら、女は創造主を睨《にら》みつけた。

「自分を改造するのは、少々骨が折れたよ」

若き医学生は、おそらく、初めてエリザベスと会ったときと同じ笑顔を見せた。


「何度殺せば済む、と訊いたわね。では、あなたはどうなの？　私は造られたのよ。その前に――私を殺さなかった？」

「医学のためのかけ替えのない犠牲だ」

「ヨーゼフ・メンゲレもそう言ったでしょうね」

フランケンシュタインの姿が消えた。風が渦巻《うずま》いたのは、エリザベスがよろめいてからだ。その寸前、顎《あご》の骨が打撃音をたてたのを聞いた者はいない。

エリザベスを肩に負《お》って、忽然《こつぜん》と現われたフランケンシュタインを、ギター弾《ひ》きは呆然《ぼうぜん》と見つめた。

彼は軽く息を吐いた。その顔には欲情の色が滲《にじ》んでいた。

「役立たず――とは言えんな。エリザベスには効《き》かなかったが、私は欲情した。普通人だったなら身動きもできまい。手術は成功だ」

彼は失神したエリザベスの頬《ほお》をひと撫《な》でして、

「しかし、こんなところで私の手に戻るとは――人捜し屋を頼む必要はなかったな」

いきなり、ギター男がつんのめった。路上に突き倒した彼の横を、

「邪魔するんじゃねえよ」

数名の学ラン姿が通り過ぎた。先頭の二人はベージュの上衣《うわぎ》に葡萄酒《ワイン》色のヴェストを着た若者に肩を貸していた。

一見して酔いつぶれた仲間を運び出す体育会系だが、若者の顔に眼を留めたフランケンシュタインは、

「待ちたまえ」

と声をかけた。かなりの大声だったため、学生たちは足を止め、どす黒い怒りの表情を向けた。後ろの三人も――こちらは明らかに仲間と思《おぼ》しいでぶを支えている。入り乱れたとき、動けるのはあと二人の付き添い役を加えて七人だ。

「何だい？」

付き添いの片方が訊いた。

「その前のほうの色男――私の知人なのですが、何かやらかしましたか？」

「知人？」

もうひとりの付き添いが凶暴な顔つきになって近づいてきた。

「そうかよ。あんたの仲間か。おれの友だちの頭をおかしくしちまいやがったんだ。あんたも来てくれや」

「いえ、私は別に」

「いいから、来なよ」

学生は瘤《こぶ》だらけの手を伸ばして、彼の肩を摑もうとした。ごつい手であった。

メスを操《あやつ》る神経質な指が、それを握りしめた。

ボキボキと音をたてて骨が砕けてから、学生は悲鳴を上げた。

あっという間に、凶暴な若い学ラン姿が、医学生を取り囲んだ。

「ぶちのめすのは造作《ぞうさ》もないが――面倒だ、音楽」

ボロン、と鳴った。声もなく股間を押さえて、学生たちは蹲《うずくま》った。全員勃《ぼっ》起していた。

さらに、ボロロンとふた弾き。

全員が、ううと呻いて射精してしまった。

「さて――行こう。通りへ出てタクシーを拾え」

フランケンシュタインが放り出された若者――ドリアン・グレイに近づいて、易々《やすやす》と反対の肩へ担《かつ》ぎ上げる間に、ギター弾きは〈早稲田通り〉へ出て、タクシーを停めて戻った。

後部座席へドリアンとエリザベスを放り込み、二人も後に続くとすぐ、タクシーは走り出した。

「デュパン」の前で、いま出てきたばかりの二つの影が、それを見送った。

「私にはわからないけど、忙しくなりそうね」

と声をかけたのは、風しのぶであった。

「用済みかなと思った」

受けたのはせつらである。用済みとは、フランケンシュタインが、エリザベスを見つけてしまったからだ。彼からの依頼はここで意味を失った。だが――

「画家が出てきて助かった」

昨晩、せつらの下からドリアン・グレイが車ごと逃亡してのけたとき、夜香が、彼の捜索を依頼したのである。

せつらはそれを受けた。そして、目的の男は、今、最初の依頼人に拉致《らち》されて消えた。

「今度は消えないだろ」

ドリアン・グレイの逃亡時、巻きつけておいた妖《よう》糸《し》も断たれてしまったが、今回は失神中だ。フランケンシュタインに妖糸が絡《から》まっているのは、言うまでもなかった。

KARINは歌い終えてすぐ、「デュパン」の裏口から出て、ホテルへと戻った。学生たちが騒ぎ出したせいもあるが、真の理由は――見てしまったからだ。

黄金を編《あ》んだかのような金髪、渋いジャケットに、酔いつぶれてしまいそうな葡萄酒色のヴェスト。KARINをじっと見つめていた。もう少しそこにいたら、自分のほうから身を委《ゆだ》ねに行ったかもしれない。

オフィスの社長は、〈新宿〉行きに反対だった。人外の危機というやつは、〈区外〉の人間には、本質的に理解不可能なのである。

「食われるぞ」

と社長は歯を剥《む》いて、KARINを笑わせた。

「化物にな」

その化物は、芸能界の顔自慢を見慣れてきたKARINの眼と脳をとろかすほどに美しく、透《す》きとおるような青い眼をしていた。

もう一度、会いたい。

KARINは窓辺で胸を押さえた。

その奥に危険な炎が粛々《しゅくしゅく》と燃えていた。二度と消えることのない恋情が、二二歳の歌姫を蝕《むしば》んでいきつつあるのだった。

シャワーを浴びても、それは消えなかった。いつもより熱い湯を選んだ。それが却《かえ》って肉の奥の熱を全身に渡らせた。渡り方は淫《みだ》らだったようだ。血と混じったそれは危険な物質へと変化し、女体《にょたい》を疼《うず》かせた。

KARINの手は、股間へと伸びた。指は何本にしようかと思った。

触れただけで、熱い息が洩《も》れた。

「あの男《ひと》……あの男……あの男……」

最後のひと声は、絶頂に震えながら吐いた。

バスタオルで軽く拭《ふ》き、全裸で窓辺へ寄った。テーブルに置いた「ピアニッシモ」の包装から一本取って咥《くわ》えた。

軽いメンソールの味が肺に広がっていく。自分では喫煙姿も様《さま》になると思うが、オフィスの指示は「厳禁」だ。KARINのような野性タイプのボーカルの逆をいくのが売り込み戦術で、これが嵌《は》まった。妖艶《ようえん》と清楚《せいそ》——本来相容《あいい》れない二つを、KARINは自然に備えていた。この国の芸能界では誰もが望み、まず獲得不可能な資質であった。

「酒はいいが、煙草はいかん」

社長は厳《げん》と命じた。

暗いガラス窓に、煙草を手にした全裸の女が映っていた。

「〝裸女と煙草〟か。様《さま》になるじゃない。口紅《ルージュ》をつけたほうがいいかな」

煙草の横に置いてある口紅を取って塗った。ガラスに真紅《しんく》の唇が灼《や》きついた。

急に裸体が闇に溶けた。

「——!?」

唇だけが赤く残った。

その両端から赤い筋が流れ落ちると、二本の牙《きば》だけが残った。

「これって——」

KARINは眼を閉じた。すぐに開いた。

血の唇はなおも妖《あや》しく貼りつき——にんまりと笑った。

「ひっ!?」

と洩らして、護衛シャッターのスイッチへ手を伸ばす。

「よせ」

と唇が命じた。

その声が鼓膜《こまく》を揺すった刹那《せつな》、KARINは自由を失った。

「おまえのポスターを見たときから、この時を待っていた。〈区民〉の汚《けが》れを少しも身につけていない〈区外〉の女——さぞやその血も美味だろう。さ、窓を開けろ、少しでいい」

食い入るように自分の乳を、腰を、太腿《ふともも》を見つめる赤い唇を意識しているのかいないのか、KARINはためらいもなく従った。

戻ってくる前に修理済みだった窓は、今度は外のものを迎え入れた。

前と同じスプレーで窓ガラスを少し溶かすと、灰色の霧がすうと流れ込み、人の形を取った。その唇は窓ガラスのと同じものであった。

真藤だ。

欲情の虜《とりこ》になった美貌の不死者は、特有の冷酷さも忘却し果てたか、荒い息を隠しもせずにKARINに近づき、顎を摑んでその頭部をこちらへ向けた。

白い肌の下を走る青い道——人間の生命の線は、生ける死者にとっても、偽りの生へと注ぐエネルギーの流れなのであった。

今、狂気の牙がそこへ新たな小道を作る。真藤の笑いが凍りついた。

離れようとした。女の腕が彼を抱いている。鋼《はがね》の強靭《きょうじん》さは、人間のものではなかった。

「お、おまえは⁉」

驚愕の叫びに、KARINはにっと笑った。

夜香の顔で。


いや、その髪も服も慎《つつし》み深い笑い声も、すべて夜の一族のものであった。

「深夜、若い血を駆け巡らせる者たちの集まりは、すべて一族の者が見張っておる。おまえが上空にいるのもすべて見通しであった。ここまで来させたのは、私の変化《へんげ》ぶりにいつ気づくかと考えてのことだ。あの店を出たときから、KARINは私であった」

真藤の輪郭《りんかく》が歪み、灰色の霧と化して——また復元した。夜香の腕からは出られないのだった。

「釈迦《しゃか》の手の平——とは言わん。目下《もっか》おまえを滅ぼすことはできんが、永劫《えいごう》に閉じ込めておくのは可能だ。これも永劫の苦痛とともに、〈魔界都市〉の地《ち》下牢《かろう》で生き延びるか?」

恐怖のあまり、限界まで剝き出された真藤の眼は、近づいてくる夜香の、これも真紅の唇と二本の牙をはっきりと映した。

3

生命を失った人体のような真藤を、窓の外から訪れた配下が運び去ると、ＫＡＲＩＮ＝夜香は素早く裸身にガウンをまとい、鏡の前に立った。

小さく息を吐いて、両手を前方へ伸ばす。何かを押しのけるような動作であった。

すう、と夜香が分離して、ＫＡＲＩＮの後ろに立った。

虚ろな双眸《そうぼう》が何度か開閉をくり返し、鏡の中の自分を確認して、ふり向いた。

「――――!?」

恐怖の叫びを呑み込み、ＫＡＲＩＮは眼前の若者から鏡へと視線を移し、また若者へ戻した。鏡の中に彼は映っていなかったのだ。

「あなたは――どなた？　どうしてここへ？」

「夜香と申します。力を貸していただきました。のちほど充分なお礼をさせていただきますが、少々気になることがありまして」

「気になること？」

ここで、自分を取り戻したＫＡＲＩＮの精神は、眼の前の青いケープの若者が、ぞっとするような東洋系の美男子であることに気がついた。

「あなたが何も知らずにいるうちに、私たちは、捜索中だった悪鬼《あっき》を捕らえました。しかし、これだけでは根本的な解決にならぬのです。悪鬼を生んだ男がこの世界にいる限り、彼は滅びません。そして、限りなくゼロに近い可能性ではありますが、あなたは狙《ねら》われ続けます」

「その――悪鬼とやらに、でしょうか？」

「左様《さよう》」

何を自信を込めてうなずくのよ、とＫＡＲＩＮは腹が立った。

「本日から、あなたはわれわれの一族が護衛させていただきます。ご安心ください。彼らがあなたの目に触れることは決してありません。普段と同じように生活なさっていれば、そのうちすべてが終わるでしょう」

「そのうちって――いつ？」

「それは申し上げられません」

「ちょっと――無責任じゃありませんか？」

精一杯《せいいっぱい》怒ったつもりだし、ＫＡＲＩＮが怒れば誰もが引く。それなのに、効果がないとわかっていた。

「申し訳ありません。私にできるのはこれだけです。そして、これ以上のことは他の誰にも不可能です」

なんて一方的でエラそうな男、とＫＡＲＩＮは怒りに震えかかった。彼女はデビュー二年――つまり、今日までに〈区外〉でのあらゆる映画と音楽の賞を総嘗《な》めにしていた。アメリカで出たアルバムは、ＹｏｕＴｕｂｅでの大ヒットはもちろん、グラミー賞の候補にもなっている。映画の出演作は、海外の三大映画祭――カンヌ、ヴェネチア、ベルリン――に出品されると決定済みだ。その属する世界では、映画会社のトップも音楽業界のドンも笑顔を見せる。

それが〈新宿〉では、ホテルの部屋でガウン一枚に身を守られて、得体《えたい》も知れぬ若者と二人きりだ。酒場へ入って数曲歌い、この若者と会って――気がつくとこの有様《ありさま》だ。

「心配は要《い》らないわ」

こう言ったときも、どんな心情なのか、よくわからなかった。

「私は三日後、コンサートが終わったら〈区外〉へ戻ります。それでこの街とは一生お別れ。あなたとその一族とも、ね」

「そうなるよう、全力を尽くします」

「だから――ちゃんとガードマンもいるし、マネージャーもついています。あなたたちは必要ありません」

「ここは〈新宿〉です」

KARINは眼を閉じた。〈新宿〉――なんて恐ろしい、呪《のろ》われた名前だろう。それが、今、全身に沁《し》み込んでくるなんて。

「生も死も、街が決めることです」

と夜香は続けた。

「あなたが、〈新宿〉に好かれることを望みますよ、KARINさん」

夜香はドアを開けて――出ていった。

KARINは安堵《あんど》した。

一体全体――なんて日だったのだろう。明日まで絶対に部屋を出るもんか。

こう決心しながら、自信はまったくなかった。


最初に覚醒したのは、ドリアン・グレイだった。

手術台に縛《しば》りつけられている。両手首と足首、胴体に革《かわ》ベルトが食い込んでいた。

これだけは動く首を廻《まわ》して、居場所を確かめた。

広い――六〇畳はありそうな部屋だ。しかも、天井は三角形――屋根裏だ。下の部屋もかなりのスペースだろう。

右方にも手術台が置かれ、こちらにも女が固定されていた。エリザベスである。ぴくりともしない。眠っているようだ。

「いきなり後ろから殴《なぐ》られた。とりあえず、バラバラにされる恐れはないが」

とドリアンはつぶやき、

「しかし、何故《なにゆえ》に追ってくる？　無駄だとわからぬわけでもあるまい。私への怨《うら》みだろうが、おまえにできるのは私を八《や》つ裂《ざ》きにすること、私にできるのは、八つ裂きにされることだ。意味もない連鎖《れんさ》を続けて、永遠そのものに挑む気か――」

彼は女の名を呼ぶつもりだった。

「はて――何と言ったか」

記憶をたどれないのは、脳を衝撃されたせいかもしれなかった。

すると——

「思い出せないのね」

「え？」

と隣へ美しい顔を向けた。

エリザベスは、身じろぎもしなかった。ドリアンが気のせいかと思ったほどである。

そこへ、

「私の名前」

「起きていたのか」

「ずっと前に」

「逃げないのか？」

ドリアンは少し呆《あき》れたように言ってから、自分と女を捕縛《ほばく》しているベルトを思い出した。

しかし、女の理由はそれではなかったようだ。

「あなたがいるわ」

ドリアンは苦笑して言った。

「またバラバラにするつもりか？」

「ええ」

「私は死なんよ。君の創造主がこしらえた生きものたちよりタフに出来ている」

「殺すつもりなんかないわ」

女の声には部屋の静寂《せいじゃく》が凝縮《ぎょうしゅく》されていた。ドリアンの応答は、石のようだった。

「——では、何故追ってくる？」

答えは、すぐに、

「愛《いと》しい人だからよ。それが若さを盗むための罠《わな》だとしても」

「その挙句《あげく》が八つ裂きか——可愛《かわい》さあまって憎さ百倍というわけだ」

「憎んでなんかいないわ」

ドリアンの眉が寄った。エリザベスの声は真実だったからだ。

「では——なぜ？」

「あなたは生命を自由にできるけれど、魂《たましい》のことは何もわからない。まだ私の名前を思い出せないのね？」

「さっきから努力はしているんだがな」

「では、いちばん最後に若さを奪った女《ひと》の名を覚えていて？」

ドリアンは少し考え、いいやと答えた。

「誰もあなたを責めはしないわ、ドリアン・グレイ。でも、よくお聞きなさい。魂は許さない」

「それが、私を追う理由か？」

エリザベスの答えは中断された。

フランケンシュタインが入ってきたのである。

二人は口をつぐんだが、若き医学生は会話の名残《なごり》に気がついたようだ。

「ご歓談中を失礼」

と言って、二人の間へやって来た。

天井を見上げた。

「ここは〝幽霊屋敷《ホーンテッド・ハウス》〟として名高いそうだが、確かに幽気《ゆうき》の気配はするな。ここにビリビリ来る」

とこめかみを指さして、

「昨日は実に楽しい夜だった。暇《ひま》つぶしに釣糸《つりいと》を垂《た》れていたら、大成果が上がった――今日、役立たずの人捜し屋に連絡を取って契約は解消するつもりだ」

「私の見たところ、彼はそんなに甘くないぞ、学生殿」

とドリアンが声をかけた。

「ほお、ご存じか？」

「彼の自宅で語り合った仲だ。ひとり邪魔者もいたがね」

「邪魔者？」

「棺《ひつぎ》の中で生きる人物だ」

「ほお、吸血鬼。〈戸山町〉の住人だな。まったく興味の尽きない街だ」

フランケンシュタインは腕時計を見て、東側の窓へ眼をやった。

「夜明けまで、あと一時間と少し。その間に、ひとつの試みを成し遂《と》げることは可能だろう」

「このレディに手を加えるつもりか？」

ドリアンはレディの部分に皮肉な言い方をした。彼を八つ裂きにするレディだ。

「かつて、神の意志に反して私は三つの生命を誕生させた。彼女は三つ――三人目だ。だが、最初のひとりは自らの醜さを嘆《なげ》いて失踪《しっそう》――私の愛する者たちを手にかけた上、自ら生命を絶《た》った。二人目は彼女の前身と言っていい。第一号は、その醜さゆえの疎外《そがい》の不幸と殺人の後悔を訴え、生涯《しょうがい》の相方《あいかた》を造れと要求した。私はそれを容れて、二つ目の生命――女を創造したが、その途中で破壊してしまった。第一号と女とは、生殖が可能だった。私は彼らの血脈が人知れぬ里から広がり、やがて人間を圧して世界を覆い尽くす惨劇を恐れたのだ。第一号はそれを呪い、ついに私の最愛の友と恋人を殺し去った。あとは、私の述懐と日記を基《もと》に、M・Sという女が物した小説とやらに記されているとおりだ。上《うわ》っ面《つら》をなぞっただけだが、経緯《いきさつ》は正確にわかる」

彼はひと呼吸置いて、また話し出した。

「この女――エリザベスは、三体目、いわば第三号だ。二体目は強制された作品だったが、エリザベスには新しい試みを――不死身の肉体を与えた。彼女はいかなる攻撃にも耐えられる。衝撃も熱も冷気もその美しさを欠損することはできない。私以外はね。そこで、ドリアン・グレイ――私との約束をまさかお忘れではなかろうな？　この天才ヴィクター・フランケンシュタインをして可能ならしめなかった神のみの秘技――不老不死だ」

「それなら話はついている」

美しい若者は、隣の美女へ顔を向けた。

「私は彼女と交換に、君にそれを伝えようと約束した。しかし、彼女は人間ではなかった。これでは契約に反する。だから、私は彼女の絵を焼き捨てて試みを中断した。私が得られなかった以上、君も得ることは許されん。正当な取引の結果ではないかね？」

「それを復活させていただこう」

フランケンシュタインは邪悪な笑みを見せた。神への挑戦――と不埒千万《ふらちせんばん》な野望を抱《いだ》いたわけでもない。二〇〇年前、才能ある純真な医学の徒が、その研究の果てに当然辿《たど》り着いた成果へと突き進んだだけだ。一片の邪心もそこにはなかった。

だが、呪いは――おそらくは神による二〇〇年間の呪いは、学生を悪魔に変えたのかもしれない。

ドリアン・グレイとエリザベス――二人の男女をねめつける眼差《まなざ》しは、自らの欲望の成就《じょうじゅ》しか念頭にない、偏執鬼《へんしゅうき》そのものだった。

「私がエリザベスを捜し求めたのは、何とか彼女に手を加え、あなたに引き渡すためだった。だが、それをする必要はなくなった。ドリアン・グレイ――永遠の若さと青春の象徴よ。今、その秘技を私に伝えてもらおう」

「無駄だ」

狂熱の叫びを、ドリアン・グレイはあっさりと迎え撃った。

「その女が人間でない限り、不老不死は叶《かな》えられん。必要なのは、私にそれを成さしめるほどのものを備えた女だ」

「よろしいですとも」

フランケンシュタインはうなずいた。これほど不気味で邪悪な笑みというものが、世にあるだろうか。

「そう仰《おつしや》られると思い、用意しておきました。ギター弾き、入れ」

魔法の呪文《じゅもん》に応じるかのようにドアが開いた。二つの人影が入ってきた。ギター・ケースを肩にした男と――夜香一族に救われ、鉄壁の守りを保証された歌い手――KARINであった。

第五章　魔人領域

1

「ここか」

せつらが足を止めた時刻は、午前五時少し前。足を止めた場所は、〈市谷加賀町〉の陽月邸《ようげつ》――〝幽霊屋敷〟と呼ばれる廃屋《はいおく》の前であった。

元は〈区外〉の大企業の会長が愛人のために建てた屋敷だったのだが、その愛人がおかしな実験に凝《こ》った挙句《あげく》に二人とも行方《ゆくえ》不明となり、今なお失踪《しっそう》中である。会長の方は齢《よわい》九〇近く、九割方ボケていたため、とうに死んでいるだろう――そして当然のごとく、邸内をうろついているという噂《うわさ》が絶《た》えない。

ブラインドとカーテンを下ろした窓から洩《も》れる光を、せつらは見逃さなかった。もっとも住人――フランケンシュタインの存在はとっくに知れている。

正面玄関の上部に設置されたビデオ・カメラは3D式の最新型だ。破壊するのは簡単だが、内部の連中に気づかれるのはまずい。せつらは通りの向かいの路地――死角にいた。

二階の窓のひとつが光を放った。人影が浮かび上がる。

眼を凝らしても、長身痩《や》せ型の男としかわからない。すぐに後退し、見えなくなった。

「あれ？」

声が出た。監視用のカメラが真上を向いて止まっている。作動中だとしても、映るのは空ばかりだ。眼《カメラ》を失い、窓が開いた。罠《わな》かもしれない。

それを確認すべく、不可視の糸がひとすじ、壁を這《は》い上がっていく。秋せつらの妖糸《ようし》〈探《さぐ》り糸《いと》〉。

フランケンシュタインは愉《たの》しげに、若い歌姫を見つめた。

「不老不死を与える相手として、不足はないと思いますが」

彼は女をドリアンのそばに手招いた。術によってか薬によってか、精神の自由を奪われているらしいKARINを、ドリアンは見上げた。

妖《あや》しい光が双眸《そうぼう》を飾りはじめた。KARINの背後にフランケンシュタインが立っている。うなずいて見せたのは、そのどちらへか。

「いいだろう。君の望みのものをこの女に与えてやろう」

妖気漂《ただよ》う笑顔へ、

「感謝します」

歓喜横溢《おういつ》の笑顔が礼を言った。

「――で、いつ？」

「よければ、これから」

「おお――それで済みますか？」

フランケンシュタインの声には、感動と――嫉妬《しっと》があった。

「不老不死など、生命《せいめい》の創造に比べれば児戯《じぎ》のようなものだ」

ドリアンの眼差《まなざ》しは急に遠くなった。

「一度この運命に身をひたせば、思いは虚空《こくう》をさまようばかりだ。そうなりたいか、女よ？」

返事はない。それを待ってもいない。

「私を解放しろ、フランケンシュタイン」

ドリアンは身じろぎした。

「永劫《えいごう》の生命は確かに与えてやろう。その代わり、条件がもうひとつある」

「ほお、それは？」

フランケンシュタインが訝《いぶか》しげで傲慢《ごうまん》な眼つきになった。

「――この女を殺せ」

ドリアンの眼はエリザベスの方を向いていた。

「――それは……」

フランケンシュタインはためらった。彼はエリザベスを求めてこの街へ来たのだった。

「――できませんね」

「なら、すべては白紙に戻るぞ」

ドリアンは容赦《ようしゃ》なく宣言した。

「私はこれまでに四度、この女に殺された。初回は首をねじ切られ、二度目はプラス両腕を引き抜かれた。四肢《しし》をもぎ取られたのが三度目だ。そして、この前は内臓まで撒《ま》き散らされてしまった。どれも地獄の苦しみだったが、それはいい。だが、この先も続くとなると話は別だ。この女はあと何年生きる？」

「ざっと五〇〇年」

「そのあいだ殺されることを思えば、永久に終わらぬめまいが私を捉《とら》える。正直、もう沢山《たくさん》だ。フランケンシュタイン——真の不死を眼にしたければ、今この女を殺すのだ」

「——できません」

「ならば諦《あきら》めろ。おまえの望みは叶《かな》わん」

「なぜ、あと五〇〇年が待てないのですか？　あなたにとって、それは一足で過ぎる時間のはずです」

「一足でな。そのとおりだ。しかし、殺せ、フランケンシュタイン」

「そうなさい」

若き学徒《がくと》は愕然《がくぜん》と声の主を見た。

「エリザベス——おまえは……」

「それがいいわ、ヴィクター。最良の道よ。あたしももう疲れた。ただし、ひとつお願いがあります」

「——何だい？」

「とどめはこの人にさせて」

ドリアンが、奇妙な眼差しを女に向けた。

「私に？——何故《なぜ》だ？」

「お願いよ、フランケンシュタイン」

「よろしいでしょうか？」

フランケンシュタインの問いは、ドリアンに向けられたものである。

「よかろう」

「エリザベス——望みは叶うぞ」

女の奇怪な心理を、二人の男はさして気にも留めていない。

フランケンシュタインは小さな台のところへ行き、車付きのそれを、エリザベスのかたわらへ運んできた。メスをはじめとする手術道具が不気味な光を放っている。

「始めるぞ、エリザベス」

「いいわよ」

「ひとつ断わっておく。おまえに死を与えるためには、脳細胞を眠らせておくわけにはいかない。生きたまま手を下さなければならないんだ」

「二〇〇年間、この世の中を生きてきたのよ。それくらいでビビると思う?」

フランケンシュタインは溜息《ためいき》をついた。

「偽善はおよしなさい。あなたの望みのものが手に入るのよ。私ひとりの生命《いのち》くらい塵芥《ちりあくた》みたいなものでしょう」

学徒は肩をすくめ、エリザベスを見つめた。すぐに台へ手を伸ばした。光がエリザベスの額《ひたい》に当てられた。

闇が落ちた。

「――!?」

全員が眉《まゆ》を寄せる前に、光が戻り――また消えた。

「自家発電装置がある。それとも――」

フランケンシュタインは、敵という言葉を呑《の》み込んだ。

発電装置へ駆けつけるには、眼前の闇が邪魔をした。慣れさせようと両眼を閉じたとき、照明が点《とも》った。

反射的に周囲を見廻《みまわ》し、

「あっ!?」

と声が出た。

女がいない。エリザベスも――KARINもだ。

別のものがいた。

ドアを背に――世にも美しい姿が。

「――秋せつら。どうしてここがわかった?」

「不動産屋は何も?」

と美しい人捜《さが》し屋は、脆弱《ぜいじやく》な心臓なら恍惚《こうこつ》と停止しそうな声で訊《き》いた。

「〈新宿〉でも格別凄《すご》い〝幽霊屋敷〟ですよ。よく今まで無事でいられたものだ」

ちら、と足下《あしもと》を見て、

「身替わりがいたか」

フランケンシュタインにも、もうわかっていた。せつらの足下にミュージシャンが仰向《あおむ》けに倒れている。盆《ぼん》の窪《くぼ》から喉《のど》まで貫《つらぬ》いているのは、一本の解剖用大型ナイフだった。

「気の毒に」

フランケンシュタインは低く言った。あまり同情のふうはない。

「この街へは、ギター・テロを仕掛けに来たと聞いていたが、これで終わりとはね」

「ところで、仕事は続けます?」

せつらが訊いた。

エリザベスは、失踪してしまったのだ。

「もちろんです」

フランケンシュタインは、苦々《にがにが》しい表情を手術台のドリアン・グレイに向けた。

「私の依頼はどうだ?」

ドリアン・グレイの瞳は、せつらを映している。

「契約は後日。とりあえず伺《うかが》いましょう」

「KARINというアイドルを捜してもらいたい。いま消えた片方だ」

「受けましょう」

打てば響くせつらの返事であった。

「しかし、彼女たちは何処《どこ》へ行った? 連れていかれたのか?」

「そうですね」

あっさりとした返事に、二人の魔性は眼を剝《む》きかけた。

「この屋敷に巣食《すく》う死霊《しりよう》の仕業《しわざ》です。連れ戻す必要がありますね」

「できるのか?」

ドリアンが訊いた。咎《とが》めるような口調だが、妙にゆるんでいる。

「仕事」

と返して、せつらはフランケンシュタインへ、

「ここに居ても居なくても結構。少しうるさくなるけれど」

「わかった。すぐ捜しにかかってください」

二〇〇年を生きた学徒は生真面目《きまじめ》に要求した。

依頼人と人捜し屋のかたわらで、

「話が終わったら、解放してくれないか?」

とドリアン・グレイが怒りを押し殺して言った。

「それと——お気づきかもしれないが、もうひとり消えたぞ」

二人が視線をとばした床の上に、ミュージシャンの死体は跡形《あとかた》もなかった。

「誘拐犯の死霊か」

フランケンシュタインが肩をすくめた。


今までの片腕を惜しむ気配はゼロだ。

ドリアンに近づき、革《かわ》ベルトを外した。

ところが——ドリアンは凄《すさ》まじい眼でせつらを睨《にら》みつけた。彼の身体《からだ》は見えない糸で縛《しば》り上げられているのだった。

「夜香からの依頼」

とせつら。

凶血鬼《きょうけつき》真藤の魂《たましい》を封じ込めたキャンバスの在《あ》り処を知るために、夜香は仮借《かしゃく》ない拷問《ごうもん》を加えるだろう。

「案内しよう」

ドリアンが諦めたように言った。

「駄目《だめ》」

にべもない返事だった。こう続けた。

「〝どこでもドア〟」

せつらのオフィスから逃亡した際、夜香の追手を封じた隧道《トンネル》の〝絵〟をせつらは忘れていなかったのである。何処に同じ仕掛けがあるか、知れたものでで

はなかった。

「では、場所を教える。君が確かめて、吸血鬼どもに教えてやるがいい」

「依頼は、あなたを捜せ。いま連絡を」

せつらは携帯を取り出した。キイをプッシュしたが、画面は黒いままだ。

フランケンシュタインが困ったふうに、

「悪いが、よけいな電磁波は手術の妨《さまた》げになるのでね。すべてカットしてあります。あそこに有線電話が」

遠いデスクに置かれた電話のところまで行って、せつらは取り上げた。夜香の携帯はわかっているが、昼は当然、留守電になる。〈戸山住宅〉の代表番号をプッシュした。

コール音二回で出た。

「〈戸山住宅〉です」

若い女の声だ。留守電ではない。電話番を雇《やと》っているのだ。夜の一族が眼醒《めざ》めたとき、緊急の用件を真っ先に告げる役だと聞いている。

名乗ってから、ドリアン・グレイの身柄《みがら》を確保したと告げた。

「真っ先に伝えろと言われております」

ここの住所を伝えたとき、

「あの」

と向こうが切り出した。

「は？」

「いつ聞いても素敵なお声ですね」

「はあ」

「あの――よろしかったら、一度、お茶でも誘ってください」

「はあ」

「やた！　嬉《うれ》しい！　約束ですよお」

「はあ」

きゃっ！　と叫んで電話は切れた。

2

せつらが受話器を置くと、

「どうしても彼を連れていきますか？」

フランケンシュタインが困ったように訊いた。

「僕じゃない」

夜香たちである。

「彼には教えてもらいたい秘法があります。無事に帰ってこられるでしょうか？」

「はて」

「ふむ。それでは困ります。秘密の内容を伝えてもらうまで、ここを出てください」

せつらは受話器を耳に当てる仕草をした。もうしゃべってしまったという意味だ。

「門の前でお待ちください」

「やだ」

とせつら。基本的に、捜索を依頼された対象を確保した場合、それが何であろうと、依頼者にその地点へ引き取りに来させるのが、せつらの流儀だ。届ける間に逃亡の恐れがある。もちろん、関係者たることを恐れる者たちから退去を望まれる場合もあり、その場合、無理強《じ》いはしない。

せつらは飄《ひょうひょう》々とドリアンの手術台に近づき、

「外出」

と告げた。同時に、石のように固まっていたドリアンの上体が、ふわりと起き上がったのである。両手を脇につけたまま地上に下り立った姿は、直立不動の兵士を思わせた。

「どうしても連れていきますか？」

フランケンシュタインは溜息《ためいき》をついた。この人捜し屋と争うのは、彼の本意ではなかった。

「エリザベスをよろしく」

フランケンシュタインが皮肉な口調で言った。

「どーも」

とせつら。ドリアンが無言なのは、妖糸の痛みのせいだろう。

ドアの方へ歩き出そうとして、せつらは足を止めた。

「そうだ」

コートのポケットから取り出したのは、数枚の護《ご》符《ふ》であった。

「魔《ま》除《よ》け」

ドリアンの額に護符の上端を押しつけると、ぺたりと貼りついた。

フランケンシュタインにも放り、自分も額につけた。

「そこでなくては、まずいのですか？」

嫌そうに護符を眺めるフランケンシュタインへ、黙って額を指先で叩《たた》き、せつらはドリアンを先に、ドアの方へ向かった。

ドリアンの足が止まった。

「――!?」

その姿が急速にぼんやり、色彩《いろ》を失っていくではないか。

せつらは四方へ妖糸をふるったが、手応《てごた》えはなく、一秒とかからぬうちに、ドリアン・グレイは忽《こつ》然《ぜん》と消滅を遂《と》げていた。

足下に護符が落ちた。表面の呪文《じゅもん》と印章、聖図形はきれいに拭《ぬぐ》い去られていた。

「これは――」

フランケンシュタインが呻《うめ》いた。その姿も形を失いつつあった。

せつらの動きは素早かった。もう一枚の護符を取り出すと、二つ折りにして、何かを拭うように動かした。

不可視の刃《やいば》が虚空《こくう》を一閃《いっせん》した。

何か――苦痛の波のようなものが空中を渡り、ひとつ吐息が鳴って、重い音が床から上がった。フランケンシュタインが倒れたのである。その身体は実体を取り戻していた。

かたわらに立つと、せつらは妖糸で彼の心臓の鼓動を探った。

停《と》まっている。

刺激を、と思ったとき、フランケンシュタインは眼を開いた。健康な眼醒めを成し遂げたように、彼は跳ね起きた。

せつらの視線に気づいて、

「心臓を?」

と訊いた。

「まだ停まってる」

とせつら。

「心臓のひとつぐらい停まっても、生きることはできます。なぜ、あなたは消されないのですか?」

「力尽きた」

とせつらは淡々と口にした。

「向こうの力にも限りがある、と?」

「こっちにもあるから」

「なるほど。では、向こうがへたり込んでる間に、本気で拉致《らち》の先を突き止めなくては。私はあっちを見ました」

消える途中だろう。フランケンシュタインは、そのとき二つの世界に所属していたのだ。

「ですが、少々疲れました。それに、敵を知れば百戦危《あや》うからず——この家の死霊の正体も知る必要がある。明日、調査をお願いしたい」

せつらは黙って右手を上げた。

おかしなことになった、とでも思っていたのかもしれない。

広大な研究室は二つの世界に呑み込まれつつあった。

生者と——死者と。


翌日、せつらは〈歌舞伎町〉にある不動産屋を訪れた。

かなり広い店舗内には、三人のスタッフがしかつめらしい表情でコンピュータを睨みつけていた。

せつらに気づくと、ちらと視線を当て、すぐに眼を潤《うる》ませた。

カウンターに一番近い禿頭《はげあたま》が、何だい？　と横柄《おうへい》に訊いた。せつらは濃いサングラスをかけている。名乗ってから、

「〈加賀町〉の〝幽霊屋敷〟について」

奥でPC《パソコン》を覗《のぞ》いていた主人らしき初老の男が、

「あれがどうかしたか？」

声が突っ張っている。

「担当？」

とせつら。

「そ、そうだ」

「あの家の由来を教えて」

「由来？　よく知らねえな。建てた一家の主人が変態で、家族をひとりひとりレイプして殺してた――それくらいだぜ」

「本当に？」

せつらの問いは、屈託がない。逆にそれが相手を怒らせる原因にもなる。今回もそうだった。

「おい、疑うなら訊くんじゃねえ。てめえ、礼儀を知らねえのか？」

「うむ」

「何がうむだ、この野郎――」

主人はカウンターの向こうで自動拳銃を持ち上げた。

せつらの額に銃口が上がった。

撃鉄を起こす音に、残る二人がにんまりと笑った。

「おい、何とか言え」

主人の顔もにんまりと――それから恐怖に歪んだ。

銃口がせつらの額から、自分の方へ向きを変えたのだ。

右の肘《ひじ》に左手を添えて戻そうとしたが、びくともしなかった。

「あ……あ……」

「動くと危ない」

のんびりした声が、立ち上がろうとする二人を凍りつかせた。

「口を割れ」

とせつらは、世界一凄みのない、世界一恐ろしい脅《おど》しを唇に乗せた。


昼過ぎにせつらがやって来たとき、フランケンシュタインは、手術道具や発電機の点検に励《はげ》んでいた。

あちこちで青白い電磁波が入り乱れ、モーターの唸《うな》りが壁を揺《ゆ》すっている。

「戻ってこない？」

せつらは周囲を見廻しながら訊いた。

「残念ながら、ひとりも」

実はせつらにもわかっていたことだ。〈探り糸〉は、フランケンシュタインに巻きついたままである。

「死霊の素性《すじょう》はおわかりですか？」


せつらはうなずいた。

不動産屋の話によると、この屋敷はさる大企業のトップが、愛人のために建てたものだったが、彼女の趣味が少々変わっていた。入居後半年の間に、〈区内〉で子供たちの失踪が相次ぎ、その犯人がこの住人と判明するまで三二人に及んだ。

子供たちの運命は、踏み込んだ〈新宿警察〉の猛《も》者《さ》たちが、ひと目で凍りつき、嘔吐《おうと》した者もあったという事実で知れる。実際、ここから先の顚末《てんまつ》は、責任者たる某警部がデータにまとめたものの、彼はその後自殺、遺言たるメッセージ画面を眼にした署長は、データのすべてを封印、〝部外秘〟倉庫へ放り込んでしまった。

肝心《かんじん》の愛人は、確かに捜索当日、トップと家にいるのを目撃されながら、二人とも逮捕はされず終《じま》いになった。逃亡したとも、地下室に逃げ込み、警官隊が踏み込んだときは蛻《もぬけ》の殻《から》だったとも言われるが、真相は今なお不明である。

ただ、現場検証中から、何人もの子供たちや女の姿が目撃されていたとの噂もある。

その後、丸三年間空き家《あや》のまま放置され、現在の不動産業者が買い取って賃貸物件となったが、これまでに四家族二一人が暮らし、一八人が失踪中である。

せつらの口からこの情報を得るや、フランケンシュタインは大きく息を吐き、

「人捜しは別の世界でも?」

と訊いた。

「特別料金になるけど」

答えは明晰《めいせき》かつ凡庸《ぼんよう》であった。

「侵入する手はありますか?」

「ここは〈新宿〉」

せつらが答えたとき、チャイムが鳴った。いつまで経《た》っても終わらないので、フランケンシュタインが監視カメラのモニターをONにした。

「でぶだ」

と言った。

「時間どおりです」

とせつら。

やって来たのはトンブ・ヌーレンブルクと人形娘であった。

「チェコで第二——つまり世界でも第二の魔道士」

とせつらが紹介した。

「ようやく体調が戻ったそうで、連絡を取りました」

「それはそれは——ひとつよろしく」

丁重《ていちょう》に一礼する二〇〇歳の学徒へ、

「お任《まか》せ」

トンブは、豊かな胸を叩いて咳《せ》き込み、彼を不安にした。

何とか熄《や》むと、天井を見上げて、

「ここで失踪した者たちは、死者も含めてX界にいるわね」

と断言した。フランケンシュタインが、一も二も

なくうなずいたのは、圧倒的な貫禄《かんろく》であった。

「X界」

とせつら。

「いわゆる幽界《ゆうかい》のことですね」

と人形娘が、うっとりとせつらを見つめながら説明した。

「うるさいね、おまえは。よけいな真似《まね》するんじゃないよ」

トンブが睨みつけたが、その姉——チェコ第一の魔道士ガレーン・ヌーレンブルクに仕えていた人形娘は、びくともしない。

「あら、この前の依頼主のときは、あたしにいつまでもしゃべらせるんじゃないよ、気の利《き》かない人形だね、とお喚《わめ》きなさいましたけれど」

「このでく人形」

トンブが片手を向けたが、素早くフランケンシュタインにすがりつき、

「お助けください」

と哀訴《あいそ》を放った。

「よしなさい」

依頼人に言われ、トンブは沈黙したものの、歯を剝《む》いて威嚇《いかく》し、対する人形娘は、あかんべで迎え撃った。

「そこへ入れる？」

とせつら。

「入れますとも」

と人形。

「うるさい」

と喚いてから、トンブは四方を見廻した。

「ただ、向こうがどんな状態にあるかは、わからない。とりあえず、あんたがお行き」

芋虫《いもむし》のような指が、この世ならぬ美貌《びぼう》の主に、

「え」

と言わせた。

3

「他にいるかい?」

トンブは静かに訊いた。

「一緒に行こう」

とせつら。

「あたしはこっち側にいないと、あんたに何かあったとき、守ってやれないのさ。捜す相手が見つかったら、戻さなくちゃならない——これがいちばん厄《やっ》介《かい》なんだ。向こうにいちゃできない相談だね」

「世界第二の看板を下ろせ」

「姉さんがしたって同じことさ。行くのか行かないのか?」

せつらは右手を上げた。了解の合図だ。眼は虚空を見《み》据《す》えていた。その翳《かげ》ある美貌を見つめる人形娘の表情に悲痛な色彩《いろ》があった。

「私が参ります」

と言った。

「え?」

とせつら。このとき何を感じ何を思ったかはわからない。何が浮かんだにせよ、トンブがそれを打ち砕いた。

「何を言ってるんだね、この娘は? あんたがこっちであたしを手伝わなきゃ、この一枚目は帰ってこられないよ」

「一枚目?」

まず、せつらが反応した。

見つめられたトンブは、少しドギマギして、

「この国じゃ、色男のことを二枚目と呼ぶんだろ? 一枚目はそれよりずっといい男の意味だよ。文句あるか?」

「ないけど」

とせつらはかぶりをふって、

「僕も君の同行は断わる。理由はでぶ——もとい、トンブの言ったとおりだ。君はここで僕の命綱を握

っていてくれたまえ」

少しして人形娘はうなずいた。

「わかりました。綱は決して放しません」

「どーも」

せつらは、まったく感動したふうもなく応じたが、うっとりと悲哀する人形娘にはわからない。代わりにトンブが、けっと小さく鼻を鳴らしたが、これにも気づかない。

「そんじゃ、準備にかかるよ」

「はい」

悲しそうだが、晴々《はればれ》とした表情であった。

そのとき、

「私も行きましょう」

と声をかけた者がいる。目下《もっか》、声を出せるのは他にひとりしかいない。

「フランケンシュタインさん」

人形娘が呆然《ぼうぜん》とつぶやいた。せつらもトンブも、へえという表情だ。


「これでも、生命の仕組みに生涯を捧《ささ》げるつもりの学徒でね」

当人は淡々と告げた。

「生命を宿した者が行ける別の世界があるのなら、その探究も避けては通れません」

「戻ってこられるとは限らないよ」

トンブが眉を寄せた。この女のこの言葉ほど不気味なものはない。

ふわ、と翳めいたものがその面上を覆《おお》ったが、たちまち消えた。三人が見たのは、若い学徒の探究と向学に燃える顔であった。

二人の女の表情にも、感動の風が吹いた。ただひとり、そういうものとはまったく無縁の美しい顔が、

「じゃ、よろしく」

と言った。ある意味こちらも感動的といえるかもしれなかった。

トンブと人形娘の〝準備〟は、それから三〇分ほどで整った。

床にチョークで描かれた魔法陣《まほうじん》は、古風なだけに、その内部《なか》から水泡のように湧《わ》き上がる異界の力《パワー》を感じさせたし、どうやって運んだのかもわからない縦横三メートルもある二枚の大鏡は、その背面から赤いコードが、フランケンシュタインの発電機に接続され、科学という無機質な力もまた、生と死の端境《はざかい》にある世界に挑まんと告げていた。

対《つい》に向き合ったその間に、サングラスをかけたせつらとフランケンシュタインが立った。フランケンシュタインは古臭い往診鞄《かばん》を手にしていた。

「右の鏡の方をお向き」

トンブの指示にも緊張が漂《ただよ》っている。

そのとおりに動いた途端、フランケンシュタインが、あっと呻いた。

鏡には当然、彼とせつらのこちら向きの姿が映っている——はずだ。だが、いま鏡の中のせつらとフランケンシュタインは、明らかに背中を見せていた。つまりまったく同じ姿勢を取っているのだった。

ここで腰のひとつも抜かせば可愛《かわい》いのだが、〈新宿〉の住民は茫洋《ぼうよう》と、自分の鏡中像を指さしただけで、トンブもそれを予想などしていなかったらしく、

「ついてお行き」

と言った。

同時に鏡中像が前進を開始した。鏡の中には無論、せつらの背後の光景が映っている。

せつらが前へ出た。その身体の何処かが鏡面に触れた瞬間、鏡中の彼とフランケンシュタインは忽然と消え失《う》せた。二組の動きが、完全に一致していたと、トンブと人形娘は知っていたに違いない。

現実の二人は、いま鏡の中にいた。消えた彼らと寸分たがわぬ姿であった。そして、彼らが消えた位置まで進んだとき、二人もまた鏡の中からも消失し

たのであった。

腰の代わりに魂でも抜けたように立ち尽くす人形娘の肩を、何してるんだい？　とトンブがどやしつけた。

「行きはヨイヨイさ。何とか成功したよ。けど、戻ってこられるかはわからない。帰りはコワいだ。情《ツレ》ない彼氏の帰りを待ちわびる女を演《や》っている暇《ひま》はないよ」

「情なくなんかありませんわ」

「阿呆《あほう》。あれくらい女に、いいや、自分以外の全存在に冷たい男がいるもんか。わかってるんだろうね。ありゃ〈新宿〉の――〈魔界都市〉の主《ぬし》なんだよ」

「違います」

断固言い放った人形娘が、あっ!?　と叫んだ。

今、せつらたちを呑み込んだ大鏡は、その表面におびただしい亀裂を走らせるや、音もなく砕け散ったのである。


トンブはもう一枚の前に立って、その表面を叩いた。

「次はこっちだ。あの二人が出てくる前にああならないよう、眼を離すんじゃないよ」

ある決意を抱《いだ》いて凝視《ぎょうし》する二人の姿が、不意にボヤけた。その周囲に共に映る光景は、徐々に、しかし確実に姿を変えていった。陽光に溢《あふ》れた実験室から、うす暗い洞窟《どうくつ》のような通路へと。

随分《ずいぶん》歩いたような気がしたが、通路は果てしがないようであった。

「広い場所ですね」

とフランケンシュタインが言った。こちらも二〇〇年を生きてきただけあって、取り巻く怪異を気にするふうもない。その手には小ぶりの黒い往診鞄が揺れていた。

ふむふむと納得し、手を上げて空気の流れを確かめ、時折り、地面を蹴《け》ったりする学徒へ、とせつらが訊いた。している？　が抜けている。

「何百人もの患者に、死の直前、何が見えるか訊いたことがあります。〝光る世界〟〝花畑〟〝川の流れ〟——答えは様々でしたが、中に幾《いく》つか、〝広くて暗い道〟というのがありました。それが正解だったようです。もっとも、息のある人間の回答です。死の世界とは限りません」

「僕たちも死んでいる？」

「さて、それは。気になりますか？」

「少し」

「よかった。全然と答えられたら、私は一生あなたに勝てないところでした」

「？」

という表情をせつらはした。

「お互い、まだ人間だということです。死者は死を恐れません」

「何を？」

せつらは沈黙している。ひょっとしたら、夕飯は何にしようか、くらいのところかもしれないが、宇宙の真理にでも思いを馳《は》せているように見えるのが、ハンサムの得なところだ。

「来る」

とつぶやいた。

「え？」

フランケンシュタインは耳を澄ませ、それから左右を見廻したが、せつらは足を止め、少しして首を横にふった。

一秒——二秒——

足音だ。

「さすが」

とフランケンシュタインがつぶやき、右手を往診鞄に入れた。

姿も見えた。

男の子だ。

その後を、数個の人影が追ってくる。

「〈区民〉より厄介そうですよ」

フランケンシュタインが面白そうに言った。この男の超高速移動の力を、せつらはまだ知らない。

「助けて」

こう叫んでフランケンシュタインの背後に隠れたのは、一〇歳になるかならないかの少年であった。いま散髪を終えたような頭で、セーターと半ズボンだが、冬の装《よそお》いだ。

「名前は？」

とせつらが訊いたところへ、追手が追い着いた。中年の男二人と若い女がひとり。女は花柄のワンピースで、髪を留めている。男たちはひとりがパジャマ、もうひとりがランニングとトランクス——床《とこ》につく寸前、駆けつけたふうだ。

せつらを見るや、急に頬《ほお》を赤らめて立ち止まったが、サングラスの効果で、すぐに活気を取り戻した。

「邪魔だ、どけ」

とフランケンシュタインの背後に廻り込もうとする。

「よしなさい」

と学徒が両手を広げた。

途端に男たちの顔が変わった。瞳は黒い眼窩《がんか》に落ち込み、顔の半分が真っ赤な口に化けて、跳びかかってくる。

フランケンシュタインの姿は消滅した。ぶお、と空気が唸った。男は吹っとんだ。一〇メートルも向こうの地べたへ後頭部を叩きつけて動かなくなる。

「やた」

とせつら。そのかたわらに渦巻く空気とともに、フランケンシュタインが現われた。

「けど、まだ」

せつらの向いている方に眼をやって、フランケンシュタインは、

「これは」

と呻いた。男が起き上がってくる。

「駄目なのか。死人は死なないんだ」

「おい」

左から声がかかった。もうひとりの男であった。

「何をしに来た？　自分からやって来るとは――莫《ば》迦者《かもの》ども」

「エリザベスとKARINとドリアン・グレイを捜しに来た」

フランケンシュタインの声には恐れも怯《おび》えもない。この世界も住人も、彼には興味の対象なのだ。

「知ってるわよ」

女が笑顔を見せた。背すじが凍りつくような妖気と艶《あで》やかさに満ちた笑いであった。女は自分のやって来た方を指さし、

「奥にいるわ。でも、連れ戻しに来たのなら、早く行かないと、この世界の空気に馴染《なじ》んでしまうわよ。そうしたら、おしまい。あたしたちと同じになるの。あなたたちも」

女の形相《ぎょうそう》が変わった。空洞の眼、裂けた口。歯をカタカタと鳴らして、せつらへ一歩を踏み出す。


見えざる刃が、その身体を縦に割った。身体は二つに分かれ、たちまち復活した。

「まずいですね」

フランケンシュタインが頭を掻《か》いた。

「私たちの世界の技は、こっちでは通用しないらしい」

「悲観しない」

とせつらは三人の敵を見渡した。

「まだ、打つ手はある――ほら」

そう言う寸前に、三人組は地を蹴りかかって――立ちすくんだ。せつらが手を打ったのだ。

彼らはサングラスの下の顔を正面から見た。見てしまった。見なければよかったのに。

ドリアン・グレイなら訊き質《ただ》したかもしれない。死者も美意識を持つのかと。

うす闇の中で、燦然《さんぜん》とかがやく美貌は死者の足を止めた。

「おれは――崎山次郎《さきやまじろう》」

と最初の男が言った。

「生前は保険会社を経営していた。ここへ来たのは、客を三人も殺したからだ」

「おれは――榊原大気《さかきばらたいき》だ」

と二人目の男が言った。

「生前はビデオ会社の社長だった。ここへ来たのは、言うことを聞かない女優をひとり拷問死させたからだ」

「あたしは――前園憲子《まえぞののりこ》」

と女が言った。

「生前はAV女優よ。ここへ来たのは、裸のシーンを家族に見せると恐喝《きょうかつ》してきた男たちを一〇人近く始末したせいよ」

「この回顧《かいこ》は、元の世界を思い出したからでしょうか？」

とフランケンシュタインが、しみじみとつぶやいた。

「美しさとは、生死を超越するとわかりました。次に生命を創造する際の参考にします」

歓喜の合唱が聞こえてきそうな笑顔であった。

秋せつら――生の世界の美貌は、死の世界をも超えたのであった。

第六章　妖変

1

さっきから身じろぎもせずに、卓上の方位盤を眺めていた人形娘が、ふと雇《やと》い主《ぬし》の方を向いたとき、彼女は床の上に大の字になっていた。

「トンブ様――どうなさいました⁉」

少し面倒臭そうに駆けつけると、トンブは、どうもしないよと、ノコノコ上体を起こした。手持ち無《ぶ》沙汰《さた》ででもあるように、両手をふり廻《まわ》す。

「盆踊りですか？」

「ダンスって言えないのかい？」

「方位盤に異常が出始めています。二人のルートがはみ出しそうなんです」

「そいつはいけないね。早いとこ修正しないと、あっちへ引きずり込まれちまうよ」

よいしょ、と掛け声かけて仁王立《におうだ》ちになった途端に、でんと尻餅《しりもち》をついてしまった。

「しっかりしてください」

人形娘の手を借りてようやく起き上がると、トンブは鏡の方を向いた。

「やっぱり洩《も》れてるね」

「はい」

「あたしばかりと思うんじゃないよ。あんたも人形のくせに顔色が悪いよ。ほら、お肌の表面が剝《は》げてるよ」

「あら」

「あっちの世界と接触すれば、お互い影響を受けざるを得ないのさ。こちらからの刺激が強ければ強いほど、反発も強まる。その意味じゃあ、最悪のコンビを送っちまったね」

「はあ」

「あっちで暴れ廻ると、漏出《ろうしゅつ》する妖気はますます濃度を増す。今ここへ並みの人間が来たら、一秒で失神、五秒であの世行きさ」

でかい尻をばんばん叩《たた》いてから、トンブは発電機のところへ行って、パワーをアップさせ、方位盤に近づいた。

「よし、修正といくよ。あんた——邪魔者が入らないよう、よおく見張っておいで。実体化したら厄介《やっかい》だよ。ひとつ残らずつぶしておしまい」

「承知いたしました」

人形娘の青い瞳に、普段とは異《こと》なる光が宿った。すでにあちらの妖気に冒《おか》されたものか、それは危険なかがやきを放っていた。

トンブは鏡の前に立った。

剝《む》き出しの両腕に眼を走らせる。蕁麻疹《じんましん》が出ている。それは葡萄酒《ワイン》色から真紅《しんく》に変わり、ぷつぷつと弾《はじ》けて鮮血をとばすや、何とも不気味な——髑髏《どくろ》の形になった。

「むう」

髑髏は宙に躍《おど》るや、トンブめがけてとびかかった。

トンブの眼が青い光を放った。

見る間に髑髏はとろけ、単なる赤茶色の染《し》みに戻って消えた。

「こいつは——凄《すご》いよ、本格的にこちらへ侵寇《しんこう》してくるつもりだね。絶対に波打ち際《ぎわ》で防がなくちゃ。それと、あっち側の二人にもエールを送ってやらないとね」

部屋の空気が急速に冷気を含んでいった。

何を見たのか、人形娘がかたわらのモップを摑《つか》んだ。

「いますわよ、トンブ様」

青ガラスの眼は広い空間の隅々《すみずみ》を、青い走査線のようにゆっくりとねめつけていった。

せつらは少年から事情を訊《き》き終えたところだった。

この先に、元の世界から拉致《らち》された人々がいる。しかし、そのほとんどは、この世界に取り入れられて悪霊《あくりょう》と化してしまった。少年はそれを拒《こば》んで脱出を計ったのだ。

「最近、誰か来た？」

　せつらの問いに、少年はうなずいた。

「三人。女の人が二人と男がひとり。もうひとり、ギターを持った男が来たけど、そっちはもうこっちの人だった」

「案内してくれる？」

　少年はためらった。そこから逃げてきたのである。この辺、せつらは容赦《ようしゃ》がない。少年を見つめた。

「ずるいや」

　と咎《とが》めて、少年はうっとりとうなずいた。彼を追ってきた男女は、いつの間にか消えていた。

　少年は青白い頬を紅《くれない》に染めて、先に立った。

　闇の向こうに平凡な木のドアがあった。少年は立ち止まった。

「ここまでだよ」

「わかった」

　とせつら。

「元気でね」

　うなずく少年の肩をフランケンシュタインが優しく叩いてから訊いた。

「こちらへ戻る当てはあるのかい？」

「ううん」

「逃げ出しただけか？」

「うん」

　うなずく顔に、子供が浮かべてはならない表情――諦観《ていかん》が広がっている。ようやく現実に気づいたのだ。

「もう少し付き合ってくれないか？　そうしたら、お兄さんたちが、何とかしてあげる」

　フランケンシュタインの声には真実がこもっていた。

「本当に？」

「ああ」

「守ってくれる？」

「いいとも」

「わかった。行く」

「助かるよ、約束は守る」

「そうして」

少年は俯《うつむ》いたまま言った。

二人は待った。

「じゃあ、入るよ」

少年はドアの把手《とって》を摑んで押した。

二〇〇年生きてきた若者が、

「これは、スイス並みに寒い」

と両肩を抱いた。ふと、コートの襟《えり》も立てないせつらを見て、

「寒くない？」

「二〇〇年、お化けに会ったことは？」

せつらは聞き返した。

「一〇回ほど」

一応、考えてから答えた。

「じゃあ、わからない。そのうち慣れるよ」

「ほお。そうしたら寒くなりますか？」

「なる」

保証も茫洋《ぼうよう》の只中《ただなか》にあるから、フランケンシュタインも半信半疑で、へえと言ったきりである。

「生と死は、あなたより見てきたつもりです。それでも、この世界の現象としてだけだ。寒さを感じない身体《からだ》になりたいですね」

「ここに三日もいれば」

せつらはそう言って、少年の後を追った。


この部屋に閉じ込められるまで、ドリアン・グレイはすべてを記憶に留《とど》めていた。

薄明の世界で幾《いく》つもの顔を見た。

鉄格子《てつごうし》の牢獄《ろうごく》にはベッドがひとつあり、そこに寝転んでいると、灰色の長衣《ちょうい》をまとった女がやって来た。月輪《げつりん》のごとき美女である。三人の男を引き連れていた。

どいつも鉄の仮面をかぶり、鉄の小手《こて》をはめてい

た。右手に黒い鉄のハンマーを提《さ》げている。面に眼鼻も口もないのが不気味である。

冷気が針のように皮膚《ひふ》を刺す。

「この世界の主人《あるじ》かな？」

「そうよ。前の世界での名前は、華江《かえ》だったわ」

「私はドリアン・グレイだ」

美女のややゆるんだ顔が、一気に緊張した。

「本で読んだ名前だけれど、ひょっとして、本物？　いいえ、少しもおかしくないわ。ここは〈新宿〉だったわね」

「〈新宿〉という街には、生も死もないのかね？」

「あるいは生も死も超えている――だから、私もここにいられるのよ」

ドリアンは静かな眼差《まなざ》しを華江に向けていたが、

「美しいが卑《いや》しい」

と言った。

女の形相《ぎょうそう》が変わった。侮蔑《ぶべつ》の張本人は気にもせず、

「見たところ、誰かの愛人《メトレス》か。だが、ここにいるのは、それが理由でもなさそうだ。知らず知らずのうちに、悪魔に魂《たましい》を売ったとみえる」

華江の瞳に、美しい男の顔だけが広がった。

「私には見える。おまえの背後にいる子供たちの姿がな。みな怨《うら》んでいる。憎んでいる。そして、ここから解放されたがっている」

華江は眼を閉じた。その闇の中に顔ばかりがかがやいていた。

「さすが〈新宿〉――〈魔界都市〉よ。愚《おろ》かな女もいた。おぞましい女もいた。だが、両者を兼ね備えているのは、おまえで二人目だ。私を解放しろ」

「おまえを解放して――どうするつもりなの？」

「こちらへ戻りたくはないか？」

「え？」

小さな驚きの中に、期待めいたものが震えた。

「〈新宿〉が生死を超えた街ならば、死者を生者に変えることも許されよう。このドリアン・グレイの

手でな」

背後に従う者たちが、横たわる若者を取り囲んだ。巨大なハンマーが持ち上がる。

「ここへ招いたのは、魂を幽囚《ゆうしゅう》とするためだろうが、そうたやすくはいかん。その不様《ぶざま》な道具で、私を打ってみるがいい。すぐに、私の言う意味がわかるだろう」

華江がうなずいた。

風を切ってハンマーがふり下ろされた。


――


数秒後、ゆっくりと上体を起こしたドリアンから、凶人たちは怯《おび》えたように遠ざかった。彼らはその美貌が、血と肉と脳漿《のうしょう》と化してとび散ったのを見たのである。

立ちすくむ華江の頬に、青白い手が触れた。

「私を選ぶがいい。そうなれば、もはや逃《のが》れられぬが、な」

引き戻した手に、妖艶《ようえん》な顔がついてきた。ドリアンの唇に自分のそれを重ねたとき、華江の全身は異界の官能にうち震えた。

少年は明らかに怯えていた。逃亡した世界へ戻ったのだから当然だ。闇はさらに深く、それでいて周囲の光景はぼんやりと形を備えて見えた。

後に続くせつらは、まるで関心を示さなかったが、フランケンシュタインのほうは、学徒の姿をしているだけあって、しきりにうなずきながら、

「ふうむ、五〇〇〇、六〇〇〇――いや、一万は必要だな」

「照射は一〇〇〇分の一秒を二回、間を置いて一〇〇分の一秒を二回――これを二日続ければ何とかなる」

などとつぶやいているから、うるさくなったらしいせつらが、

「何それ？」

と訊くと、

「死体に生命《いのち》を与えたときの電圧と、宇宙線の照射時間です」

とんでもないことを言う。

「宇宙線？」

「大宇宙をとび交《か》う生命の源《みなもと》です、と言っても、あなたは不思議に思わないでしょうね。それは日ごと夜ごと、この星にも降り注《そそ》ぎ、千年に一度、万年に一度、ある種の奇蹟《きせき》を現出する。不可思議な力のシャワーは、霊的な存在にも影響を与えるのです。それを摑む術《すべ》が人間にはなかった。私だけが、スイスの寒村でそれをやってのけたのです」

声は熱を帯びてきた。

「ここの連中にも？」

「無論です。しかし、土地がよろしくない。〈新宿〉に注ぐ生命の波は、他の土地の一兆分の一も保《も》たずに消滅してしまった」

彼はぶら提げた鞄《かばん》に片手を乗せた。

「誰も彼も実験台？」

とせつら。

「そうなりますかな？」

フランケンシュタインは、うすく笑った。生命の神秘を探《さぐ》り当てたときの笑《え》みもこうだったかもしれない。だとしたら、死者は再生を拒否することだろう。

一行の左右を白いものが流れ去った。

2

それが形を取った。

「秋せつら」

「秋せつら」

「秋せつら」

口々に叫んだのは、胴のところで前後が逆になった中年男、縦二つに裂けた身体を両手で抱きしめた碧眼《へきがん》の美女、四肢《しし》を失った達磨《だるま》のような若者であった。

「おれは、安東月男《あんどうつきお》——江口安奈《えぐちあんな》を捜すあんたの邪魔をして、胴体で二つにされた『矢剣組《やつるぎ》』の幹部だ」

「あたしは、クラブ『エンパイア・バック』のママ——アイリーン・キャラウェイよ。東谷圭次郎《ひがしたにけいじろう》を捜すのを邪魔して、割られてしまったわ」

「僕は羅具麻呈一《らぐまていいち》——〈新宿工学大学〉の四年生だ。源奈《げんな》やよいの捜索を妨害して、手足を落とされた」

鬼哭啾啾《きこくしゅうしゅう》とはこれに違いない。暗く、冷たく、重い——聞き入る者の内腑《ないふ》をえぐり、引き裂き、腐敗させるような怨嗟《えんさ》の声であった。

「ここは、怨みを呑《の》んで死に赴《おもむ》いた者たちの集まる場所だ」

と安東が言った。

「冷たくて孤独で暗い——一刻も早くここを出たいと、みなが願っているのよ」

アイリーンの頬を涙が伝わった。赤い。血の涙であった。

「そうするためには、怨みを晴らさなくてはならない。よく来てくれたよ、秋せつら」

羅具麻が歯を剥いた。

全員が天を仰《あお》いだ。

その口から絶叫が、迸《ほとばし》った。

おおおおおおお
語尾が声たる資格を失った。ただの音——否《いな》、羽《は》搏《ばた》きだ。三人の口から吐き出されたのは翼を持つ生物であった。

おびただしい人の顔をせつらは認めた。どの顔にも見覚えがあった。

「おれは、おまえに殺された」

「八つ裂きにされた」

「首を落とされた」

「兄貴も殺された」

口々に喚《わめ》くや、せつらめがけて襲いかかってきた。

光る糸が閃《ひらめ》いた。

張り巡《めぐ》らされた無限長の刃《やいば》にかかったかのように、翼ある怨み人たちは二つに裂け、床に激突しては消えていく。

「これは追いつかないな」

せつらは少し閉口したように言った。三人の口から吐き出される妖物《ようぶつ》は、留《とど》まることなく空中で群れを成し、体勢を立て直すや、またも襲いかかってきた。しかし、どれ一匹もせつらに牙《きば》を立てられずに撃墜《げきつい》されていく。

「切りがないですね」

フランケンシュタインが苦笑した。

「まったく」

せつらもうんざりしたようだ。

「お任《まか》せを」

「交替」

フランケンシュタインは無防備に立ったまま、舞い狂う翼の群れを見つめていた。黒い鞄は右手に提がっていた。

それが口を開いたのだ。

きーんと耳障《みみざわ》りな音が宙に満ちた。

せつらが感じたのは、何かが降ってきたということであった。

形も色彩《いろ》も重さもない何かが雨のように降下し、舞い狂うものたちにぶつかると、跳ね返らず貫《つらぬ》いた。群れは一匹も残さず落ちた。

見えざる降雨は、三人の首謀者たちも襲った。

彼らは喉《のど》を掻《か》き毟《むし》り、胸を押さえると、その場に崩れ落ちた。

透《す》きとおり、消えていく姿を確認して、せつらは糸を収めた。

「宇宙線？」

と訊いたのは、先刻のフランケンシュタインの言葉を思い出したからだろう。

「そうです」

黒い鞄は閉じられていた。

「思ったより簡単でした。念のため、あと二秒浴びせておきます。これでよし――先に進みましょう」

笑顔はせつらから、そのかたわらに立つ少年に移った。

「消えてしまった――向こうの武器で」

夢から醒《さ》めたばかりのようにつぶやく顔へ、

「われわれには守り役がついているのでね」

と宙を仰いで投げキスを放った。


「うまくいったようだね」

トンブが椅子《いす》の上で巨大な軟体動物のように身体を丸めた。前に鏡がある。

「それはようございました」

背後で手に汗握っていた――ふうな――人形娘がじろりとそれを見て、両手を叩いて破顔《はがん》した。

「呑気《のんき》なでく人形だね」

トンブは歯を剝いた。剝いてから、ガチガチ嚙《か》み合わせた。

「イーッ」

と人形娘がお返しすると、分厚《ぶあつ》い唇を歪《ゆが》めて、溜《ため》息《いき》をついた。

「これくらいなら何とかなるけど、次々に強敵が出てくるとキツいね。向こうの土俵で相撲《すもう》を取るってのは」

「相撲なら何とでもなりそうですけど」

人形娘が聞こえないレベルで悪態をついた。

「――何か言ったかね?」

「何も」

「ふん。とにかく、あの二人から眼を離しちゃならないよ。あたしはひと休みする。あんた見張っといで」

と鏡を指さしてから、近くのソファへ行き、横倒しになるや、ガーガーと鼾《いびき》をかきはじめた。

人形娘は、こちらも溜息をひとつつき、鏡を覗《のぞ》き込んだ。

こちらをひたむきに凝視《ぎょうし》する鏡中の自分の背後には、うす闇が広がっていた。陽光のひとすじで霧消しそうな、曖昧《あいまい》で覚束《おぼつか》ない、しかし、そのまま永劫《えいごう》にたち込めているかのようなうす闇が。

「私たちの侵入は、もうバレていますよね」

とフランケンシュタインが、妙に明るい口調で言った。このトリオのうち、不安に押しつぶされそうなのは、住人たる少年で、侵入者二人は、片や茫洋、片や平然――摑みどころがない。

せつらはうなずいた。

「だとすれば、向こうも準備を整えている。どんな手を打ってくると思います?」

あっさりと答えた。

「仲間割れ」

「気をつけましょう。お互い固い絆《きずな》で結ばれているとは思えません」

今度は返事がなかった。何を考えているのか、とフランケンシュタインは訝《いぶか》しんだ。ドリアン・グレイの万倍も美しいこの人捜し屋の腹の中は、二〇〇年を生きてきた彼ですら霧の中である。職務に忠実、誠意をもって当たるからこそ、〈新宿〉一の評判を与えられているのだろうが、それすらも彼の心理を究明する手がかりにはならない。評価のための成果は、フランケンシュタイン自身とさえも異なる闇と月光の世界が紡《つむ》ぎ出したものではないのか。

依頼達成のために、この若者はフランケンシュタインすら考えもつかぬ異端の方法を取るような気がした。

少年がふり向いた。青白い顔を恐怖に歪《ゆが》めて右方を指さし――走り出した。二人も後に続く。

前方からやって来たのは、襤褸《ぼろ》をまとった人の列であった。餓鬼《がき》という言葉がある。古い壁土のような肌に血走った眼と歯並みだけの口を嵌《は》め、歯をガチガチと鳴らし鳴らし、身を屈《かが》めた三人の眼前を走り去っていく。

「みんな、あいつらに食われてしまうんだ」

「食われる?」

とフランケンシュタイン。少なくとも、この世界に満々たる興味を抱《いだ》いているのは、せつらではなさそうだ。

「しかし、ここは死、乃至《ないし》死に近い世界だ。ここにも生と死は存在するのかね?」

少年は、何も知らないな、という表情を、生死を超越した学徒に向けた。

「死にやしないさ。一度死んでるんだから。でも、この世界での苦しみや痛みは感じるんだ。血の池って知ってる?」

「もちろんだ」

「地獄に堕《お》ちた亡者《もうじゃ》たちは、煮えたぎる血の池の中で、永劫の苦痛を味わいながら、脱《ぬ》け出すことができない。死ねないって大変だろ。それが、ここにもあるんだ。僕はそれが嫌で逃げ出したんだ」

「行くところはあるのかね?」

「わからない。でも、ここは、怨みのせいで浄化できない怨霊《おんりょう》の留まる場所だ。誰かが怨みを忘れさせてくれれば、みな別のところへ行ける」

「それは自分で忘れるしかないな」

フランケンシュタインは冷厳に言い放ってから、

「しかし、こんな世界があるだろうとは空想していたが、自分が足を踏み入れるとは思わなかった。秋さん、今の私の気持ちが理解できますか? 血が沸《わ》き立っています」

「どーも」

どうでもいいのだと理解して、フランケンシュタインは沈黙――しなかった。彼は雄弁に、力強く、胸の裡《うち》を語り続けた。

「私は死から生を造り上げました。しかし、これはひとつの現象に過ぎません。新たな生を生み出しはしましたが、神のように生も死も知悉《ちしつ》した上での業績ではありません。つまり、生命とは、生も知らず死も知らずの若輩者《じゃくはいもの》にも造り出せるのです。この世界での経験は必ずやフランケンシュタインという名の無知に、新たな知識を与えてくれるに違いありません。無知ではあっても、無想像者ではありません。ここを去るとき、私は必ず生命の創造者として新しい段階《レベル》に達しているでしょう」

「新しい段階」

せつらのひとことは、どのような心象《しんしょう》の下に生み出されたのか。フランケンシュタインの眉《まゆ》が、さささやかに曇った。

前方に光が見えた。

「何？」

せつらが少年に訊いた。首が横にふられた。

「わからない」

返事の彼方《かなた》から、女の悲鳴が聞こえた。

「エリザベス」

フランケンシュタインが走った。

その身体がぴしりと停《と》まった。

「誘い」

とせつらは言った。

「確かにそうです」

フランケンシュタインは認めた。

「ですが、放ってはおけません。あれはエリザベスの声でした」

「あんな悲鳴を上げる？」

「——いや」

「手術室。医者がひとりに看護師が二人。メスで胸を裂いている。患者は——エリザベス」

フランケンシュタインの血相が変わった。

「——の顔をしているけれど」

「外してください。行ってみます」

「はい」

途端にフランケンシュタインは両手を広げた。妖糸の呪縛《じゅばく》が外れたのだ。

彼は走った。二〇メートルと行かないうちに、せつらの口にした光景が広がった。

手術灯の下に手術台とその周囲に三つの白衣姿が

立っている。妖糸に絡《から》められた身体はぴくりとも動かない。

フランケンシュタインが駆け寄り、看護師のひとりを押しのけて患者の顔を覗き込んだ。

「エリザベス！　糸を外してください！」

「よく見る」

せつらの指示は間に合わなかった。

患者の身体が急速に崩れるや、その腕がフランケンシュタインの首に巻きついた。

忽然《こつぜん》と彼は消滅した。

「あれ？」

立ちすくむせつらと少年を、朧《おぼろ》な影と化した三人の治療チームが取り囲んだ。

「その糸――効《き》かんぞ」

と医者の影が嘲笑《ちょうしょう》を放った。

3

「トンブ様――起きてください」

人形娘に揺すられて、トンブ・ヌーレンブルクは、眠い眼をこすりこすり起き上がった。それでも眠けは退《ひ》かないらしい。

「ふがあふがあ」

と眼をしばたたいてから、どうしたんだい？　と訊いた。

「せつらさんが、魔性《ましょう》と戦っているのですが、このままでは、糸が効かないと」

「ふが。わかったわさ」

トンブは人形娘のところへ来て、椅子にかけた。

鏡は闇に閉ざされたきりだが、この女の眼には何か映るらしく、

「こりゃ、危ない。よっしゃ」

じっと、うす闇色の鏡面を睨《にら》みつけた。

三人は、形も定かならぬ影の手に、メスを握っていた。

いきなり、ふった。せつらが放った妖糸を切断したのである。

迫る敵を前にせつらは動かない。

医師のメスが光の尾を引いて走った。

せつらの妖糸はその手首を断った。

敵が眼を見張った。

影の手首は、メスを握ったまま地に落ちていた。

三人は声もなく後じさった。

「残念でした」

不可視の糸は、今度こそ難なく三人の胴を薙《な》いだ。いや、二つの影となって消滅したのは、看護師たちのみで、医師の影は硬直したままだ。

せつらは少年の方を向いて、

「フランケンシュタインの行った場所はわかる?」

と訊いた。少年はうなずいた。

「でも——切らないで」

哀しげに叫んだ。

せつらは無言で、何故《なぜ》? と訊いた。

「もう誰かが消えるのは沢山《たくさん》。これって、向こうじゃ殺人でしょ」

せつらは医師の影に訊いた。

「案内できる?」

医師は痙攣《けいれん》しながらうなずいた。

せつらは少年へ、こう言った。

「君はここにいろ。迎えに来る」

うっとりとせつらを見つめる小さな顔が、うん、とひとつ、こっくりした。

ここまで連れてきて、置き去りにする——考えてみれば、これほど冷たく残酷な仕打ちはないが、少年の顔はなおも恍惚《こうこつ》と煙《けぶ》り、怨むふうなどさらさらない。秋せつらの魔法であった。

「じゃ」

と医者を促《うなが》した。

せつらが消えるのを少年は見届けた。決して光の救いがない薄闇の底に、彼はただひとりであった。一度失った小さな魂を救う美しい顔だけにすがって、少年は待ち続けた。

光が見えてきた。

せつらは前方へ妖糸をとばした。

監獄のような鉄格子《てつごうし》の部屋が並んでいた。すぐに妖糸を戻した。部屋は何処《どこ》までも続いている。切りがない。

「何処？」

前方の医師に訊いた。糸に力を加えた。

影は小さく乱れた。地獄の苦痛が襲っているのだ。

「いる……はず……だ……」

「捜す」

糸をゆるめた。

影はよろよろと前進し、獄舎の中に消えた。

「いない」

声を糸が伝えた。それが苦鳴に変わった。手応《てごた》えが失われた。

待ち伏せとわかってはいたが、どんな手で来るかは見当がつかない。

近づいてくる。おびただしい数だ。

「〈糸とりで〉といくか」

せつらは薄闇の奥に眼を注いだ。

それは、医師と同じく影としか認識できなかった。

影たちの武器が何だったかはわからない。

せつらまで約三メートルの地点で、その前進は突如、潰乱《かいらん》した。

見えざる刃が、縦横に自在に動いて彼らに絡みつき、切断し、裂傷を与えたのである。

ひとすじの糸が、数千条の蜘蛛《くも》の巣のごとく螺旋《らせん》状にねじれ、躍り、獲物《えもの》がもがくたびに複雑に絡みつき、さらに深く食い込んで、地獄の苦痛のうちに、肉を骨を断つ。異界の影すら例外ではなかった。

彼らは縦に裂け横に切れ肉片を泡《あわ》のように舞い散らせて倒れ——消えた。秋せつらの〈糸とりで〉——恐るべし。

指先のひと捻《ひね》りで、糸は戻った。

せつらは奥へと進んだ。

フランケンシュタインは、巨大な倉庫のような空間の中にいた。

薄闇のいたるところに棚が並び、各段に収まったビーカーの中身が彼を凝視し続けている。

ここに出現したときから、フランケンシュタインは、それらに眼を奪われていた。

形も色も動きも、彼の属する世界とは異なる。さしもの生命創造者も、腹の底から湧き上がってくる嘔吐《おうと》感を抑《おさ》えることはできなかった。

「震えているわね」

嘲笑に似た女の声にも、彼はふり向かなかった。

「無理もないけど、私はそんなにガタつかなかったわよ」

少し置いて、

「震えているとも」

フランケンシュタインは認め、女——華江を石に変えた。

「二〇〇年前——神のみぞ知る生命の謎を解き明かしたときと、同じ感動だ。死の世界、魂とはどういうものか、いま眼の前にある」

「その謎が解けたの？」

「まだだ。だが、私は生命の秘密を知っている。死の謎もいつか解いてみせよう」

「そんなことをしてどうなるの？」

「わからない。ひとつ訊きたいことがある。死の世界の死とは如何《いか》なるものだ？」

「…………」

フランケンシュタインは、ようやく華江の方を向いた。

「エリザベスという名の女がいるはずだ。会わせてもらいたい」

「あんたたちは、まだ危険なのよ。この世界の存在になり切っていない。現世の者に怨みを抱いていないのでね。そうなるまで、会わせることはできないわ」

「何処にいる？」

フランケンシュタインの声に、力が漲《みなぎ》った。死の世界の死者の何かを見て、彼は医学生としての圧倒的な自信を取り戻したように見えた。

「図に乗らないで」

華江の周囲に黒い影がわだかまった。

「女より自分の身を案じたほうがいいわ。ここは、あんたの考えを超えて深く暗い場所だわ」

影たちが震えた。

凄《すさ》まじい悪寒《おかん》がフランケンシュタインを捉《とら》えた。

「これは——死者の気か」

「やはり、わかる？　それを浴び、ここに留まることで、あんたたちは私たちと同じになる。自分の変わる様を、よおく味わっておくといいわ」

フランケンシュタインは膝《ひざ》をついた。体内のものが洗いざらいに腐敗していく感覚が、絶望を含んで彼を襲いつつあった。

「まだだ」

彼はつぶやいた。

「私は、生命溢《あふ》れる場所で、死の謎を解き明かしてみせる」

鞄が開いた。

眼には見えぬ宇宙の力が影たちに降り注ぐ。

影たちは消滅した。

身を翻《ひるがえ》そうとした華江の背へ、

「動くな」

とフランケンシュタインの制止が当たった。

「次の手はあるか？　それを打つ前に、エリザベスのところへ案内してもらおう」

長いこと、エリザベスは喘《あえ》ぎ声を聞き続けた。

場所はわからない。薄闇の中だ。

おびただしい気配が、明らかに質量を伝え、形を取って、エリザベスとKARINを責め抜いているのだった。

唇を吸われている。乳房を揉《も》まれ、歯をたてられている。濡《ぬ》れた舌が腋《わき》の下を這《は》い、指が秘所を嬲《なぶ》り廻している。

何も感じていない。甦《よみがえ》ってから、ずっとそうだ。

責めは熄《や》まないが、無駄な試みであった。

喘ぎはKARINのものだった。

すぐ隣《となり》にいる。

凄まじい陵辱《りょうじょく》である。堪《こら》え切れないだろう。

顔も形も視認できない相手であった。そのくせ、責めは生身《なまみ》の人間と同じだ。

何人もの舌が唇を割って、口腔《こうこう》を征服しようと動き廻っている。唾《つば》を流し込んでくる奴《やつ》もいた。エリザベスはすべて呑み込んだ。KARINは吐き出していたが、執拗《しつよう》な責めに、今は呑み干しているようだ。

二人揃《そろ》って俯《うつぶ》せにされた。

すぐに乗ってきた。

KARINの喘ぎが激しくなった。

見えない手が髪を摑んでのけぞらせた。

深く入ってきた。エリザベスは尻を動かした。すぐに侵入者は果て、次の奴がのしかかってくる。

KARINが、行くと叫んだ。

不意に責めが熄んだ。

器官が抜けていく。

気配が近づいてきた。

「無事だったらしいな」

妖《あや》しい声が頭上からかかった。

「ドリアン・グレイ」

「立てるな?」

気配が身を屈め、右手を差し出してきた。

握りしめて立った。

「あいつらは？」

「消えた」

「どうしてここへ？」

「自由に動き廻る許可を授《さず》かったのでな」

「おかしな真似《まね》をするわね。私はあなたを八つ裂きにするために、付きまとっているのよ」

「その辺を議論しても始まるまい」

「もうひとりは？」

「連れていくとも」

二人はKARINに近づき、立ち上がらせた。

「何処へ行くの？」

力強い足取りに疑念が湧いた。

「安全な場所だ。ここにいる連中すべてが同志ってわけじゃない」

しばらくの間、三人は歩み続け、広い居間《リビング》に辿《たど》り着いた。

大ホテルのラウンジのように、広くて豪華な空間であった。高価《たか》そうなソファに人影が腰を下ろしている。三人もならった。近くで、五人編成のバンドが、「オールウェイズ」を演奏中であった。

エリザベスはおかしなことに気がついた。

「声がないわね」

誰もしゃべっていない。バンドの演奏《プレイ》だけが、薄闇を流れていく。

「忘れてしまったのさ。長くここにいすぎたからな」

「あなたはどうするの？」

「君はどうしたい？」

「あなた次第よ。あなたがここにいるなら、ここに。元の世界へ行くならついていく。八つ裂きにするためにね」

「変わった一生だな」

「あなたがそうしたのよ」

「……私は……帰りたい……」

KARINが弱々しく言った。

「生きてる人たちの前で……歌いたい……お願い……連れ帰って……」

「君はじきに迎えが来る」

ドリアンは優しく言った。

「だが、その前に役に立ってもらいたい」

「…………」

「ひとつの試みだ。生者の世界で、僕は魂を封じ込めることができる。だが、死の世界ではどうなる？」

KARIN——とエリザベスの眼が恐怖に見開かれた。

第七章　封じ込め

1

せつらの前に荒野《あれの》が広がっていた。黒土の大地のあちこちに草が固まっている。誰も名前を知らない、死の国の草だ。

荒野の果てがあるのか、何が潜《ひそ》んでいるのかもわからない。出られないかもしれない。

せつらは飄々《ひょうひょう》と足を進めた。

死の世界とはこういうものか。

せつらはどう感じているのかと、フランケンシュタインは知りたがるだろう。

だが、今は――

美しいものが荒野を渡っていく。それだけだ。

ひたすら歩いて。

生者を迎え撃つには、これが最良の武器だったかもしれない。

死に同化して迎えること。

せつらの足が止まった。

両膝《ひざ》を崩し、それが地面に着く前に、仰向《あおむ》けに倒れた。

それを待ち構えていたかのように、黒土の下から、長い刃《やいば》をふりかざして数個の影が立ち上がり、せつらの方へと走り出した。

手にした絵筆を、ドリアン・グレイはキャンバスに叩《たた》きつけた。

女の顔に肌色の絵の具がとんで、ピカソの絵に化けた。

「駄目《だめ》だ、封じ込められない」

ドリアン・グレイは呻《うめ》いた。

「やはり、死の世界に生者の魂《たましい》を封じ込めることはできないのか？」

「そんなことをして、どうなるの？」

と訊《き》いたのは、エリザベスである。画家の作業を淡々と刻みつけていた眼の中には、青い瞳、と等しい虚無が打ち寄せていた。

「死の世界に封じれば、生者は永久に手を触れることはできない」

この若者がこんな、と思われる暗澹《あんたん》たる表情で眼を閉じ、化石のように前方だけに顔を向けていたが、やがて、

「――まだ希望はある」

とつぶやいた。

「生者は駄目だが、生ける死者はどうだ？　エリザベス、どう思う？」

彼は汚れたキャンバスを殴《なぐ》りつけるように外して、新しいものを台にかけた。

絵筆もパレットもキャンバスも、すべてドリアン・グレイが探し出してきたものだ。彼らのいる居間の豪華さからして、決して不自然ではないが、何処《どこ》にあったのかとなると、首を捻《ひね》らざるを得ない。

「どきたまえ」

冷淡にＫＡＲＩＮへ告げて、

「かけろ」

とエリザベスに命じた。

氷のような死美人が肘《ひじ》かけ椅子《いす》に腰を下ろすと、

「生ける死者の魂よ、この世界でもドリアン・グレイに従うか？」

パレットを持ち新しい絵筆をとって、彼は無垢《むく》のキャンバスに挑《いど》みはじめた。

数分が過ぎた。

バンドの曲は「テイク・ファイブ」に変わっていた。

憑《つ》かれたようにキャンバスへ筆を動かしていたドリアン・グレイの表情が、突如《とつじょ》、歓喜にほぐれた。

「仕上がる」

声は震えていた。

「できる。封じ込めはなる。次のひと筆によって、な」

まだ目鼻もない顔に何を描こうとしたものか、昂《こう》揚《よう》の芸術家らしくふり上げた筆は、しかし、途中で

停止した。

エリザベスの瞼《まぶた》を閉じさせた突風は、フランケンシュタインの姿を取って、ドリアン・グレイの右手を押さえつけていたのである。

「少し待っていただきます」

にこやかに告げる学徒へ、ドリアン・グレイは憎悪の眼差《まなざ》しを当てて、

「このツケは大きいぞ」

と言った。

「やめてくれとは言いません。ですが、彼女は私のものです。私の見ている前でお願いします」

「――いいだろう。だが、結論は出かかっている」

「生ける死者の魂でも、死の世界に留《とど》められる、と？」

「そうだ」

「では、中止願います。彼女は封じ込められるには早過ぎる」

「いいえ、構いませんとも。封じられた後のあたしはただの脱《ぬ》け殻《がら》。平穏に包まれていられるわ」

ドリアン・グレイは満足そうに笑った。

「では、被験者の許しを得た。一〇〇パーセントかどうか、確かめさせてもらおう」

「いや」

フランケンシュタインの声は、そこで熄《や》んだ。エリザベスがこちらを見つめているのだった。視線はそのまま、

「続けて」

と言った。

まさか、二度もしくじるとはドリアン・グレイも思わなかったろう。

右の手首を赤い輪が囲むや、この美しい男も生きものだと思い出させるかのように、鮮血を噴《ふ》いたのである。

一同の背後で、ドリアン・グレイが常に二位に甘んじなければならない美貌《びぼう》が、茫洋《ぼうよう》と揺《ゆ》れていた。

「仕事の邪魔をするな」

とせつらは言った。彼の受けた依頼のひとつはエリザベスを見つけ出すことだったのである。

「待ってください、秋さん」

フランケンシュタインが慌《あわ》てた。

「エリザベスはもう私の前にいます。あなたへの依頼はこれで打ち切りにしたいと思います」

「承知しました」

せつらは、あっさりと了承した。フランケンシュタインの言い分に筋は通っている。

「では、これで。同行願います」

前半はフランケンシュタインへ向けられた言葉だが、もうひとつの仕事の相手は、美貌に闘争心を乗せた。

「遅かったな。私はこの世界での自由を得た。君との距離は致命的に開いたのだよ。〈戸山住宅〉へ行きたければひとりで行くがいい。いや、それもやめることになりそうだが」

この脅《おど》しが効《き》いたのか効かなかったのか、せつらは、

「へえ」

と返した。

フランケンシュタインが凝視《ぎょうし》している。KARINが見つめている。それから、青白い顔をした礼服の男女が、ずらりと。

だが、彼らの表情は幽鬼《ゆうき》のように歪《ゆが》みながら、何処か穏《おだ》やかだ。ドリアン・グレイから吹きつけるこの世界の死風を、せつらは茫洋と吸収してしまうのだった。

「みんな、八つ裂きにしてくれ」

それでもドリアン・グレイが指さすや、燕尾服《えんびふく》やドレスの影たちは、せつらめがけて躍《おど》りかかった。

彼らは風を切る音を聞いただろうか。同時にその首や胴が分離するのを感じたか。

秋せつらの妖糸《ようし》――死の国で死者を断《た》つ。

分断されて消滅した影たちを呆然《ぼうぜん》と見送って、華江は虚《うつ》ろにつぶやいた。

はずだよ」
「あんた——どうやってここへ？……荒野で朽《く》ちた
「助けてもらった……」
この世界では場違いののんびりした声である。最
後の「……」——は、この若者には珍しい感嘆符
だ。
荒野の死気に全身衰弱を起こして倒れたとき、影
たちが寄ってきた。
仰向けに倒れたせつらを見て、まず、首のない影
が、
「顔が欲しい」
と言った。震え声であった。いや、身体《からだ》まで小刻
みに揺れている。
続いて、両腕のない影が、
「おれは腕が——いや、やっぱり顔が欲しい」
と言った。恍惚《こうこつ》たる声である。
さらに、胴体が左右にずれた影が、
「わしは胴が欲しい——いや、顔だ、顔だ」
と言った。トランス状態の声だ。
そして、全員が手にした長い刃物の行使も忘れて
陶然《とうぜん》と見下ろしたとき、その顔の中に、二つの黒い
かがやきが生じた。せつらの眼だ。
宝石があらゆる人間の眼を魅《ひ》きつけるように、そ
れは死者の眼を吸引してのけた。
その瞳の主がこう言ったとき、影たちはすでに、
応じる決意を固めていた。
「助けてくれませんか」

「いったい、誰が？」
華江は呻いた。想像はついたが、認めたくはなか
った。
「今のところ、この世界の住人たちも斃《たお》せる——そ
の間に行きましょう」
こちらの調子が狂うような茫洋たる声に何を感じ
たか、ドリアン・グレイの表情が変わった。
彼はよろめくように後じさり、上衣《うわぎ》の内ポケット

から一枚の巻いたスケッチを取り出してふった。

ぴしりと一枚に広がった紙面に描かれたものを見て、フランケンシュタインと華江が、あっと叫んだ。

せつらのスケッチだ。

驚愕《きょうがく》の傍観者たちの表情が、恐怖と恍惚に彩《いろど》られたのは、素描《そびょう》の荒々しいタッチの中に、他のいかなる芸術家もなし得なかったせつらの美しさの正体が、冷厳と描かれていたせいであった。

ドリアン・グレイよ、死の国で、生者と死者の拍手を受けるがいい。

「——いつ?」

思わず訊いたのはフランケンシュタインであった。

それには答えず、

「美しさの本質は描いたつもりだ」

とドリアンは言った。

「だが、魂までは——そして、私の筆もこれ以上は進まない。あとはどうすればいい、秋せつらよ?」

スケッチを丸めて仕舞い、絵師はうつむいた。

「返せ」

せつらが前へ出た。

「断わる」

ドリアン・グレイはこう言って、フランケンシュタインを凝視した。

「そこの女どもの魂を封じ込める場所など、どうでもよかった。私の興味を惹《ひ》くのは、秋せつら——神の手になる美貌の持ち主だけだ。それは、じきに叶《かな》えられる。秋せつら、死の国の保管庫に封じ込められる絵画の第一号は、おまえの顔だ」

「それはどうも」

せつらは、他人事《ひとごと》のように返した。同時にドリアン・グレイの全身がぎゅっと緊張した。

骨まで食い込む妖糸の痛みは、不老不死の驕慢《きょうまん》児《じ》さえ蒼白《そうはく》にさせた。

「では、戻ります」

とせつらはフランケンシュタインに告げた。

「これまでにかかった経費の精算をしなくてはなりません。とりあえず一緒にお戻りください」

「残念ながら」

とフランケンシュタインは低い、唸《うな》るような声で言った。隠し抜いてきたものが、急速に噴き出したようであった。

「私は戻りません。この世界に魅入られました。経費はすぐお払いします。お帰りになるのならどうぞ。ただし、ドリアン・グレイ氏は置いていっていただく」

憑《つ》かれた視線がせつらを貫《つらぬ》いた。

「みんなここが気に入る」

とせつらはつぶやいた。

「僕もどっちか選べと言われたら——仕事さえなければ、こちら側を選ぶでしょう。ですが、まだ生者の国に残してきたものがある。帰ります」

厳たる決意ではない。当人も気づいていないだろう。これがせつらの決意だと、判断できる人間はいない。

「困りますね」

フランケンシュタインの姿が、ふっとかすんだ。

ごお、と風が唸り——

悲鳴が上がった。

2

フランケンシュタインは超高速移動に移ったのである。目的はせつらの捕獲だ。一〇〇〇分の一秒で済む。

だが、彼は元の位置に戻っている。数メートル左方のせつらも同じだ。

悲鳴を上げたのは、エリザベスであった。骨まで食い込む激痛を全身に感じたのだ。

「遅かったか」

フランケンシュタインが呻いた。彼は動いたのだ。だが、数センチのところで、エリザベスの苦鳴が聞こえた。移動は停止したが、それによって生じた空気流とその音《サウンド》が室内を席巻《せっけん》したのである。

　せつらはフランケンシュタインの高速移動に妖糸の速さが及ばぬことを知っていた。だから、動かぬエリザベスに糸を巻いたのだ。フランケンシュタインの動きは封じられた。

「私は彼女の捜索を頼んだのだ。何をする？」

「依頼は取り消された」

　こう言って、フランケンシュタインを黙らせると、せつらは華江に向かって、

「境界へ案内したまえ。あとはこちらでやる」

　エリザベスを指さして、

「動くとバラバラ」

　フランケンシュタインへの牽制《けんせい》だ。見た目も口調も冗談としか思えないが、フランケンシュタインはうなずいた。彼にはわかるのだ。このとぼけた美青年が、そのとき、いかなる存在も容赦《ようしゃ》なく八つ裂きにすることが。

　せつらが華江を見つめた。敵意を示す間もなく、彼女はとろけた。

「案内したまえ」

　華江は、恍惚と歩きはじめた。

「あれ？」

　せつらが妙な声を上げた。エリザベスとドリアン・グレイのこわばりがほぐれたのも、その瞬間であった。

「ゆるんだわよ、ハンサム・ボーイ」

　エリザベスの声と同時に、フランケンシュタインが高速移動に移る。だが――

　彼も、え？　と洩《も》らして、両足を見下ろした。超高速移動力は失われていたのだ。

「しまった」

　せつらが、のんびりと言った。

「あっちで何かあったな」

トンブ・ヌーレンブルクと人形娘は、大鏡を見つめていた。人形娘の眼には何も見えないが、トンブの網膜《もうまく》には鮮明な画像が映るらしく、

「うむ」

「よしよし」

「げぺ」

と色々感想を洩らしていたが、

「いよいよ、ご帰還だよ」

と言って、

「本当ですか!?」

人形娘を無邪気に喜ばせた瞬間、いきなり戸口で爆発音が響き、室内へ倒れたドアを踏みつけて、二個の人影が乱入してきたではないか。

しかも、ひとりの足がもつれて、バランスを取ろうと両手をふり廻《まわ》したために、右手の拳銃が暴発――トンブの右頰《ほお》をかすめたのである。

「ぎええ」

口ほどにもないとはこのことだ。チェコ第二の魔道士は、そのショックで失神し、どでんと床に仰向けに倒れてしまったのだ。

手に手に拳銃と多機能機関銃を閃《ひらめ》かせて、ドアの外へ射《う》ちまくる二人へ、

「どなた様でしょうか?」

と人形娘が訊いた。トンブの方は見もしない。

「ギャングだ」

と口髭《くちひげ》――トンブを射たなかったほう――が答えた。

「何日か前に三人で〈余丁町〉の『みずほ銀行』を襲ったとき、二人の〈機動警官〉とやり合った。ひとりは重傷を負《お》って捕まり、おれたちは逃げた。ところが、さっきこの先の交差点で、よりにもよってその〈機動警官〉どもとすれ違っちまったのさ。どこかに隠れろ。すぐに重装備で来るぞ」

「逃げたいと思いますが」

「それは駄目だ。一応、人質なんでな」

「ここで射ち合いをされては困ります。出ていって

ください」

「おれたちもそうしたいんだがね」

窓ガラスが砕け、奥の壁に弾痕が穿《うが》たれた。

「もう！」

人形娘は憤然と二人の方へ歩き出した。窓ガラスがまた砕け、そのこめかみに小さな穴が開いた。がしゃんと倒れた身体へ、

「いかん！」

口髭が走り寄ってきた。すぐに眼を丸くして、

「あんた——人形か？」

「ですから大丈夫です。私より、あちらの方を手当てしてあげてください」

男はトンブをチラ見して、

「寝かせとこうや」

「いけません。あの方はどうでもいいのですが、起こさないと困る方がいます。もう困ってらっしゃるはずです。手当てをして——」

「手当てなんかいらねえよ。頬《ほ》っぺたをかすめただけだ。それで気絶しちまった。肝《きも》っ玉《たま》の太さは身体ほどじゃなさそうだな」

「見かけ倒しの典型です」

「はっきり言うねえ、気に入ったぜ」

「武器を捨てて出てこい」

と砕かれた窓ガラスが叫んだ。

「うるせえや」

ともうひとりが多機能機関銃の引き金を引いた。

「榴弾《りゅうだん》ですね」

「いや、ミサイルだ」

投降を強制する声が熄み、地響きが窓ガラスを吹きとばした。

「仕様がねえな」

口髭は舌打ちして喚《わめ》いた。

「いきなり無茶するな。相手も人間だ。穏便《おんびん》にやれ、穏便に」

「冗談はよしてくれ。装甲車が出てくるところだったんだぞ」

若い相棒が、こちらを向いて喚き返した。

「そうか、どんどんぶち込んでやれや」

唖然《あぜん》とする人形娘の前で、口髭は身を翻《ひるがえ》した。

「んじゃ、助けてやるよ」

「きゃっ、助かります」

嬌声《きょうせい》を上げる娘を無視し、口髭は身を屈《かが》めてトンブの方へ走り出した。

トンブの肩に手を伸ばしたところを見ると、目算《もくさん》はあったらしい。だが、すぐに嫌そうに手を引いて、

「どうする、これ?」

と呻いた。

「どこでもいいから蹴りを入れてください。顔の皮を剝《は》ぎ取ってもいいです」

口髭は床上の可憐《かれん》な顔をしみじみと見つめ、

「よっしゃ」

でかいケツに蹴りを入れた。

「ぐええ」

唸ってトンブは手足をふり廻したが、寝転がったままだ。

「こいつは面白《おもしれ》え」

口髭がやる気を見せた。一五〇キロ超の肥満体を続けざまに蹴った。

しかし——起きようとはしない。

せつらは闇の中を走っていた。

背後から近づいてくる気配がある。幸い、距離は縮《ちぢ》まらなかった。

フランケンシュタインか、ドリアン・グレイか、この世界の住人か。わかるのは、凄《すさ》まじい鬼気の放射だった。

妖糸が無効とわかり、もと来た方へ逃げ出したのだが、敵は諦《あきら》めずに追ってくる。

足を止めた。

前方に気配が生じたのだ。

「へえ」

せつらは感心したような声を上げた。

人影であった。ひとり。立ったまま動かない。

「来たわね」

エリザベスであった。

「まがいもの」

とせつらは言った。

「いいえ、本物よ。この国では、あなたの知っている方のあたしが模造品」

右手から放った妖糸が、その首を断つのをせつらは確認した。

「無駄なのはわかっているわよね」

エリザベスは冷笑した。

「今のあなたは、ただの死に損《ぞこ》ないよ。どっち側の人間でもない。でも、あなたの手にかかった連中は忘れていないようよ」

エリザベスは横へのいた。今まで見えなかったおびただしい影が立っていた。

「おれは、早田仙十郎《はやたせんじゅうろう》。二年とふた月前におまえに首を落とされた」

「僕はジム・ホートン。三年と少し前にあなたに縦に割られた」

陰々《いんいん》たる怨《うら》み言《ごと》に、

「中止」

とせつらは声をかけた。

同時に、薄闇の世界に光がさした。幽鬼たちは見た。秋せつらの笑みであった。

死者の感情とは何か？　それは生者の影響を受けるものなのか？　否《いな》だ。死者の精神《こころ》は生者とは無縁のものだ。

だが、いま彼らは死者の精神を奪われた。薄闇か薄明か。その中でせつらの笑顔だけがかがやいた。

「こんなことが……」

エリザベスは呻いた。それ以外の言葉も叱咤《しった》も出なかった。その眼も顔もとろけていた。

「生者が……死者の精神を……支配する……こんなこと……が……」

「そろそろ戻る。ガードをしてくれたまえ」

どういう目算か見当もつかないまま、みな一斉《いっせい》にうなずいた。ひょっとして、せつらの逃亡の目的は彼らを――この世界の用心棒を集めることだったのか？


陽《ひ》が落ちてすぐ、廊下を走る夜香の姿を何人かが眼にした。ひどく焦《あせ》っているように見えた。

彼が訪れたのは、地下の大プールであった。もともと浴場だった場所を改造したもので、縦横一〇〇メートルほどの広さを、黒い水が埋めている。縁《ふち》から覗《のぞ》くと、水底《みなそこ》には石の棺《ひつぎ》がゆらゆらと五〇ほど並び、耳を澄ますまでもなく、異様な呻き声が瘴気《しょうき》のように立ち昇ってくる。

プールの水は絶えず動いている。流れ水こそ、夜の生物の最も恐れる現象であった。

夜香はこのプールを反逆者、裏切り者のための牢《ろう》獄《ごく》と仕置きの場所として建設した。吸血鬼は水中でも死なないが、皮膚《ひふ》に当たる水流は、未経験の者たちには想像のできぬ苦痛と崩壊感をもたらすのだった。

目下《もっか》、この地獄の責め苦を受けている者はひとり――真藤某だ。いや、その魂はドリアン・グレイの描いた肖像画に封じ込められて、石棺《せっかん》の内部《なか》にいるのはいわば脱け殻にすぎなかったが、夜香の手になる戒《いまし》めの水は、そんな彼にも仮借《かしゃく》ない苦痛を与えるのであった。

「官羅《かんら》、鈴草《りんそう》」

呼び声と同時に、プールの対岸に、片膝をついて頭《こうべ》を垂《た》れた二つの影が忽然《こつぜん》と浮き上がった。

「今、おかしな夢を見た」

夜香の声は天井の高い室内に虚ろに響いた。

「真藤はそこにいるな？」

「確かに」

細面《ほそおもて》の男が応じた。官羅である。

「間違いなく」

もっと細い女は鈴草である。

「我ら兄妹《きょうだい》は、水牢《みずろう》の看守役として生を享《う》けました。以来一〇〇〇と余年。その役目に就《つ》いてから、いちどたりとひとりなりと、破牢《はろう》の企《くわだ》てを許したことはございません」

金鈴《きんれい》の鳴るような声に、夜香の反論とて許さぬ鉄の意志が込められていた。

「わかっているとも。だが、あの夢は――」

二人は顔を見合わせた。官羅が低く、

「卒爾《そつじ》ながら――秋某氏の夢ではございませんか？」

「おまえたちも見たか？」

夜香の両眼が血のかがやきを放った。

「どのような夢だ？」

「秋氏が真藤に血を吸われておりました」

官羅の声は隣《となり》の鈴草の耳にも届くまいと思われたが、女はうなずいた。夜の静寂に生きるものの声であった。

「しかし、ここにいるのは奴の脱け殻だ。そして、魂は血を吸わぬ」

「我ら両名がいる限り、それは永劫《えいごう》に許されません。夢でございましょう」

鈴草が水の面《おもて》に視線を注いだ。

「真藤めは、ここに封じられたときと寸分変わらぬ姿でそこにおります」

夜香は答えず水面を凝視した。

「魂が戻るまでは、と思ったが、ひとつ試しておこう。槍《やり》を」

官羅が後方の壁まで下がり、横に渡してある長槍を摑《つか》むと、プール際《ぎわ》から夜香に放った。

二人とも何も訊かなかった。

夜香は両手で槍の角度を確かめ、静かに水面を見つめた。水の上に真紅《しんく》のかがやきが二個生じた。彼の眼だ。

次の瞬間、水中に投じられた槍は、何の抵抗も受けずに石棺に命中し――貫いたではないか。

大量の水泡が水面で砕けた。それはたちまち真紅の泡に変わった。

「滅びは来ぬ」

夜香は機械的に告げた。

「絵に封じ込められた魂が解放されぬ限りはな。これは暫定《ざんてい》的処置にすぎん」

夜香は戸口へと歩き出した。

ある音と、少し遅れた声とがその足を止めた。

「夜香様——水が」

プールは、もはや静謐《せいひつ》とは言えなかった。

いつの間にか潜んでいた何かが身をくねらせ、回遊し、荒れ狂っているかのように波立ち、渦を巻いているではないか。

「いったい——何が?」

官羅の問いは、奇妙な回答を招いた。

槍が飛び出したのだ。

間一髪《かんいっぱつ》、上体をそらした夜香の鼻先をかすめたそれは、水しぶきをふり撒《ま》きつつ鉄のドアを貫いて、

三人の視界から消滅した。

「何処へ?」

と二人が声を合わせたのは、数秒の後である。

「監視を続けたまえ」

夜香はこう言って、地下室を出た。廊下の床や壁、天井に破壊痕が残っていた。槍はそうやって階段を上り、目的地へと飛翔《ひしょう》していったに違いない。

「何処へ行った?」

夜香は鼻の頭に指先を触れた。戻すと、赤いものが付いていた。

3

せつらが逃亡してから、フランケンシュタインとドリアン・グレイの間には奇妙な雰囲気が立ち込めた。華江を含めた三人の女性陣も落ち着かないふうだ。

「彼女を殺しなさい」

とフランケンシュタインが言った。

「それであなたの望みは叶う。その上で、彼女を不老不死に願います」

彼女とはエリザベスのことだ。背後には華江が控《ひか》えていた。

「よかろう」

何やら迷っていたふうのドリアン・グレイも、きっぱりとうなずいた。

その足下に、どっと五〇センチもある山刀《やまがたな》が突き刺さった。

ふり下ろした右手をそのまま、

「お使いなさい」

と華江は言った。

「その前にひとつ質問があるわ」

「何だね？」

ドリアン・グレイである。

「この世界での不老不死とは、あっちではどんなふうになるのかしら？」

「これは――」

驕慢から出来ているドリアン・グレイの顔が、さすがに歪んだ。

「私も知りたい――教えてください」

フランケンシュタインが、興味津々《しんしん》という表情になった。

ドリアン・グレイの苦渋がほぐれるまで、一〇秒ほどを要した。その脳は宇宙の創成を数式で表わす以上の難事をこなしていたに違いない。

「確実とはいえないが――それでも？」

「構わないわ」

華江はうなずいた。

「可能性のひとつにすぎないが――復活するかもしれんな」

全員が死者と化したような沈黙が落ちた。いや、この世界なら生者というべきか。

「それは――生者になるということ？」

華江の声がひどく遠くに聞こえた。

「そうだ」

「なら——私も殺して。そして不老不死を与えて」

驚きの波が一同を渡った。

「意外な展開だな」

ドリアン・グレイが苦笑を浮かべた。

「まだ不首尾の場合を話していないな」

見つめるすべての眼の中に、苦々《にがにが》しい不安が揺れた。

ドリアン・グレイは淡々と言った。

「生でもなく死とも言えぬ世界——無間《むげん》地獄に落ちるだろう」

華江は眼を閉じた。死の世界の住人でも不安は感じるのだ。

「思ったとおりよ。でも、試してみる価値はある」

「好きにしたまえ」

どうでもいいという感じの、ドリアン・グレイの応答であった。

「急ぎませんか？」

フランケンシュタインが促《うなが》した。

「何となく彼が戻ってきそうな気がする。今度は厄《やっ》介《かい》ですよ」

「とうに死んでいる——と言ってもいいのかしら」

華江は艶然《えんぜん》と笑った。

「手は打ってあるわ」

「いや。必ず落とし穴がある」

ドリアン・グレイの声に、フランケンシュタインもうなずいた。

「私が生を享けて百余年——ただひとつ生死を超えるものを見た。秋せつらという若者だ」

華江は何も言わなかった。ドリアン・グレイの言葉の意味も、それが世界の誰の反論も許さぬことも悟っているのである。

「生者は死を迎えれば腐敗し崩壊する。古来、人間はその醜悪《しゅうあく》さに、故人への思いを断ち切ったのだ。だが、死の世界でもかがやく生者の美貌とは、正に生死を超越した真の〈絶対〉だ。彼を滅ぼしてはいかんよ、お嬢さん。秋せつらは、君の手本なのだ」

「――もう遅いわ。とうの昔に」

「生死を超えた存在は、死の国の法則にも従わんよ」

ドリアン・グレイはゆっくりと、せつらが消えた闇の方を向いて言った。

「そろそろだ。準備を整えたらどうかね？　どうしても彼を斃すつもりなら」

華江が右手を上げるまで、少し時間がかかった。

その背後の薄闇が、四名の巨人の形に凝縮した。手にしたハンマーと長剣と槍と大弓が形を取るのは、少し遅れた。

「ふむ」

ドリアン・グレイは納得したようであった。

「私の頭を叩きつぶした奴《やつ》もいる。これなら神の美しさも破壊できるかもしれない」

これまで黙っていたフランケンシュタインが、と闇の奥を見つめた。

「何人かやって来る」

華江が虚ろな声で言った。

「せつらひとりじゃないわ。ひょっとしたら――私は甘く見すぎていたかもしれない」

「やっとわかったかね」

ドリアン・グレイの声と同時に、人影が浮かび上がった。

せつらと、その背後に立つ一〇を超す人影たち。

「おまえたち――どうして？」

華江の声には驚きよりも諦《あきら》めが濃かった。

「そっちもガード付き」

せつらが、状況など最初《はな》から理解していない口調で言った。

「こっちも、ね。武器使えないし。ドリアン・グレイ――一緒に来てもらいます」

「そんな眼で見るな。君のためなら生命《いのち》も捨てるなどと断言してしまいそうだ。残念だが、まだ一緒には行けん」

「そこを何とか」

こう言って、せつらはうなずいた。背後の影たちが前へ出る。せつらを呪《のろ》い、八つ裂きを策しながら、呆気《あっけ》なくその美貌の虜《とりこ》になった死者たちだ。死霊たちだ。

華江は闘志にとまどいを含め、フランケンシュタインは深沈《しんちん》たる眼差しで、突如生じた戦闘の帰趨《きすう》を見つめている。

ドリアン・グレイが華江の方へ移動した。

華江がせつらを指さし――巨人たちが走った。

せつらがうなずき、死者たちが突進した。

外見からすれば到底勝負にならない。だが、死の国での戦闘は、生者たちの理解を絶していた。

ハンマーが死者の頭のみならず全身を粉砕したとき、空へ舞った別の死者が、その背後に貼りつくや、すうと体内へ沈み込んだのだ。

ハンマーを取り落として、巨人はのけぞった。背中へ廻した手の先に、沈み込んだ死者の顔が悪腫《あくしゅ》のごとく盛り上がっている。いや、それは悪性腫瘍《しゅよう》――癌《がん》に違いない。

巨人は呆気なく倒れた。その左右でも長剣の主が二、三の首を刎《は》ね落とし、胸と脇に男女の顔を生みつけられて倒れ、長槍で数体を串刺《くしざ》しにした巨人が、首の脇に悪腫を生じてその場にへたり込んでいく。

「やるなあ」

そして、死闘の中心人物の声は、相も変わらず他人事だ。

びゅっと空気が鳴って、せつらの頬を鉄の矢がかすめた。

少し離れたところで、弓手が第二の矢をつがえている。三メートル超の鉄の矢は、せつらを射抜くどころか、破壊してしまうに違いない。

せつらの妖糸は――とばしていない。無駄なことはしない――秋せつらという若者の鉄則だ。

だが、次の矢をどう防ぐ？　さすがに少し困ったような表情が面貌《めんぼう》を吹いた。

弓手が急に弓を下ろした。死者たちの攻勢か？　いや、彼らの大半は癌と化して三巨人の内部に巣食い、残りは死を迎えている。

ああ、弓手よ、おまえも秋せつらの虜になり下がったか、困惑の表情に魅入られて。

フランケンシュタインは声もなく、ドリアン・グレイは、ほおと感嘆したきり、華江のみが、おのれと叫んで地を蹴った。右手には正体不明の山刀をふりかざし、立ちすくむ以外に能はなさそうなせつらへ突進する。

せつらよ、逃げぬのか？

山刀が風を切った。

「このデブ」

口髭が罵《ののし》った刹那《せつな》、巨体は跳躍した。

空中で両腕を広げた姿は、口を開けるしかない光景であった。

つぶれた口髭の上から素早く起き上がり、トンブはもうひとりの方を見た。

「よくもデブとぬかしたわね。許さん」

「素敵です、トンブ様」

両手を握り合わせて、人形娘は感嘆の声を発した。

「さすがはガレーン様の妹君。悪い奴らはまとめて、そのお尻の餌食《えじき》にしてくださいませ」

「おい」

もうひとりのギャングが、呆《あき》れ返ったようにこちらを見た。

「おめえはその女の悪口を――」

「あんな嘘《うそ》をついてます――殺してください」

「むう」

トンブがそちらを向いて、胸をそらせた。ごお、と空気がその口へ流れ込む。

ギャングめがけて一気に吹いた。

暴風どころの話ではなかった。風速一〇〇メートル。ギャングは扉に激突し、扉も外へと吹っとんだ。外で悲鳴が上がった。

「はあはあ」

喘《あえ》ぐトンブを、人形娘は大鏡の方へ引っ張っていった。鏡の前に横たえ、

「せつら——いいえ、秋さんはどうなっていますか？」

と訊いた。

トンブは胸を叩きながら、磨《みが》き抜かれた表面へ眼をやった。

「あー!?」

と大口を開けた。

第八章　さまよう影

1

ふり下ろした山刀《やまがたな》が、見えざる盾《たて》に弾《はじ》き返されるのを華江は感じた。右腕――ばかりか全身が持っていかれる。

「戻ったのか、秋せつら!?」

絶望すら込めた叫びを、見えざる糸が横に薙《な》いだ。華江の首までも。

宙に舞い上がった首は、ちらとこちらを見上げたせつらを視界に収めた。

――なんていい男
女の首は地面に落ちた。そちらを見もせず、

「これまでの経費は、いずれ請求します――よろしく」

ぼそぼそと言い募《つの》って、せつらはドリアン・グレイに近づいた。

「待て」

「待たない」

ドリアン・グレイは逃げようとしたが、できた動きは、骨まで食い入る激痛に硬直するだけだった。

せつらは指一本動かさない。それなのにドリアン・グレイは立ちすくみ、倒れていたＫＡＲＩＮは、見えない手によって起き上がり、ふらふらと、せつらの背後に廻《まわ》った。

そんな彼女を背負《せお》って、せつらは、

「出口を」

と宙に向けて言った。すぐに、

「あれ？」

ぽつり、と、

「開かない」

生死の往来を司《つかさど》るチェコ第二の魔道士よ、何をしている？

鏡中に何を見たか、「あー?・」に続いて、「えい」とガラスに両手を突き出し、トンブはでんと尻餅《しりもち》を

ついた。

「どうなさいました⁉」

人形娘が血相を変えて——はいないが——駆け寄ってきた。

「今、トンブ様に何かあっては困ります。どうなさいました？　何でもいたします」

「おまえの情夫《いろ》が殺《や》られそうだったからね、防禦《ぼうぎょ》魔術を使っといたよ。じき戻ってくるだろ」

「そうですか⁉」

「でないと危ないのさ。向こう側の影響をモロ受けてるからね。戻ってきても、まともに暮らせなくなっちまう。完璧《かんぺき》とはいかないが、致命的な事態は防げるはず、だけどねえ」

「あら」

人形娘は眼を剝《む》いた。つぶらな瞳だから、思いきり剝いても可愛《かわい》らしい。

「それは困ります。すぐ戻してください。今すぐ、こら」

「こらって何だい、こらって。今すぐ——」

いきなり、二人の足下《あしもと》で白光が炸裂《さくれつ》した。同時に凄《すさ》まじい爆裂音が鼓膜《こまく》を直撃する。

警察や軍隊が使用するスタン・グレネード——衝撃閃光《せんこう》弾であった。敵地へ突入する際、敵の視覚と聴覚を奪うために使用する武器だ。

不意討ちに倒れた二人の下《もと》へ、戸口から〈機動警官《コマンド・ポリス》〉の影が突入してきた。

「駄目《だめ》のようだね」

棒立ちのせつらを見て嘲笑《ちょうしょう》したものがある。

そちらへ眼をやって、フランケンシュタインが、ほおと感心した。華江の生首であった。

「もう諦《あきら》めな。あと一分もしないうちに、あんたも、他の連中も、この世界の体質に変わってしまう。あっちへ戻っても、まともな生活はできやしないよ。否応《いやおう》なしにこっちで生きる他はない。でもね、こっちの住人にはなれやしない。本質的にあっちのままなんだからね。くくく、生きるのは——辛《つら》いわよ」

すでに死相——死人だが——と化した顔が、せつらのかたわらに出現した小さな影を見て、驚きの眼を剝《む》いた。

「おまえは⁉」

「おや、あのときの」

置き去りにしてきた少年へ、せつらはそれでも笑いかけた。多少は後ろめたいのかもしれない。

「心配なので戻ってきたんだ。出口はこっちだよ」

「それはそれは」

せつらはぎこちなく手を伸ばして少年の頭を撫《な》でた。

「急いで」

先に立つ小さな影を追って、せつらは走り出した。ドリアン・グレイがぎくしゃくとそれに続く。

「ドリアン・グレイ——逃がさないわよ。あたしも行くわ」

エリザベスであった。

「さよなら、ヴィクター」

薄明の彼方《かなた》へ遠ざかる影たちを、ヴィクター・フランケンシュタインのみが、悄然《しょうぜん》と見送った。

「エリザベス、KARIN、ドリアン・グレイ——そして、秋せつら。みんな行ったか」

死の呪縛《じゅばく》を逃れて新たな生命を造り出した男が、今は死に魅入られてただひとり闇の世界に残る。そして、永遠の学徒の眼は、未知への探究とその情熱に赤く燃えているのだった。

前方に水のような光が現われた。

「出口だよ」

少年が叫んで——立ち止まった。

「どうしたの?」

エリザベスが訊《き》いた。

ひとつ頭をふって、少年はまた走り出した。

光の中へ——そして、外へ。

そこは、〝幽霊屋敷〟のあの部屋だった。一同は大鏡からとび出てきたのである。誰もいない。

「――君《きみ》」

エリザベスの声に、せつらはふり返った。少年が床に崩れ落ちたところだった。

「しっかりして」

エリザベスが肩を揺《ゆ》すった。少年は、ぼんやりと周囲を見廻《みまわ》した。

「ここだ。僕――帰ってきたんだね」

「そうよ」

とエリザベスはうなずいた。

「助かった」

せつらが少年を見つめた。

「やだなあ、そんな綺麗《きれい》な顔。照れちゃうじゃないか。でも――しあわせだなあ」

その身体《からだ》が音もなく塵《ちり》と化し、床にわだかまる間、エリザベスは眼をそらさずにいた。手の中に灰色の塵が残っていた。それをこぼさず、床上の塵にかけてから、せつらに訊いた。

「知ってたら教えて。死人が死んだら、何処《どこ》へ行くの?」

返事はなかった。


この後、せつらはエリザベスと別れた。彼女を捜《さが》し出すというフランケンシュタインとの契約は切れていたのである。

「また、この男を八つ裂きにしに来るわ。ボディーガードなんか引き受けないで」

「大丈夫」

これが別れの挨拶《あいさつ》だった。

ドリアン・グレイとKARINの届け先は〈戸山住宅〉だ。そこへ廻る前に、〈新宿警察〉へ向かった。

お偉いさんの名前を出し惜しみせず使って、留置場へ入った。

トンブは鉄格子《てつごうし》の間から首だけ出して憮然《ぶぜん》と前方

を睨《にら》んでいた。知らんぷりの人形娘から事情を聞くと、逃げてやると首を出したところで、入獄の際、魔法、妖術等の使い手に打たれる麻酔薬が効《き》いてきたらしい。

早速、解毒剤《げどくざい》を打ち、首を戻して出獄させた。

礼を言って別れようとすると、

「ふん、口先だけかい」

とひねくれるので、ウィンクをひとつした。恍惚《こうこつ》とよろめく巨体をタクシーに押し込め、人形娘に、

「ありがとう」

と言うと、

「ふん、です」

とそっぽを向かれてしまった。トンブに色仕掛けを使ったことに嫉妬《しっと》しているのだ。

肩をすくめるせつらを後に、さっさとタクシーに乗り込んで走り去ってしまった。

最後の目的地は当然、〈戸山住宅〉だった。

すでに闇が落ちた巨大団地へ足を踏み入れると、おびただしい気配がせつらを迎えた。といって、何処へ眼をやっても影も形もない。

中央棟の前に、夜香が立っていた。

「さすがは秋せつら」

夜香の顔にも声にも感嘆の色が濃い。

「やはり、そちらのレディまで連れ戻していただけましたか」

「預けたのは偽者だと？」

「これでも、あなたより、年齢《よわい》を重ねております。真贋《しんがん》の区別だけは、世界のいかなる鑑定士にもひけを取らぬ自信がございます。まがいものは、すでに処分いたしました」

「それはどーも」

せつらは、のほほんと礼を言い、

「本体はスタッフに届けてもらいたい。では、ドリアン・グレイ画伯を」

と引き渡した。

「そちらの拘束《こうそく》が完了したら自由にします」

糸をほどくという意味だ。完了とやらがどうすればわかるのか、しかし、夜香は何も言わずにうなずいた。

無言のまま、虚《うつ》ろに宙の一点を見つめているドリアン・グレイに、

「秋さんの妖糸に呪縛されると地獄だという。それをどれくらい——いえ、我ら一族の責め問いは、それ以上にキツい。お互い、歩み寄りが肝心《かんじん》ですな」

ドリアン・グレイは別棟《べつむね》の牢獄《ろうごく》に幽閉《ゆうへい》され、せつらは誘われるまま、夜香の私室で夕食を摂《と》ることになった。

「私も死界を訪れたことは何度かあります。向こうの住人と矛《ほこ》を交《まじ》えたことも。ですが、あなたのような戦いは」

ここで絶句し、

「よく戻ってこられました」

と言ってから、眼を細めてせつらを凝視《ぎょうし》し、

「実は、少々、気になることが」

と言った。

「お誘いしたのも、これがため。私の見たところ、お顔に死相が出ております」

さすがの春風駘蕩《しゅんぷうたいとう》も、

「えー」

としか言えなかった。少し間を置いて自分の顔を指し、

「やつれ果て、青ざめている?」

「いえ。いつもどおりの美しいお顔で」

夜香はこう言って、自《みずか》らの言葉に恥じ入るかのように眼を伏せた。

「しかし、死は美とは別に顕現する。失礼ながら、放置すれば——」

「死ぬ?」

どぎついくらい、はっきりと訊いた。他人をひるませる質問があるということに、この若者は気づいていないのかもしれない。

「いえ」

夜香はかぶりをふって、せつらの顔を見つめた。

貫《つらぬ》くような眼差《まなざ》しであった。

「死にはしません。ですが——」

「死んだほうがましだと？」

「…………」

「戻るのが遅すぎた？」

夜香はうなずいた。

「仰《おお》せのとおりです。死の翳《かげ》があなたを呑《の》み込もうとしています。頭から呑まれて、いま残るのは膝《ひざ》から下のみ」

「具体的だなあ」

感心してから、

「どれくらい保《も》ちます？」

「明日の夜明けから丸一日」

「——手は？」

「あります。ですが、確実とは言えません」

「あるなら、試してみよう」

「わかりました」

椅子《いす》の中で夜香の首だけがふり向いた。ぼきぼきと鳴りつつ、それは正確に一八〇度回転した。

「〝吐気具《ときぐ》〟の用意をしろ」

声をかけてから、一分と経《た》たずに、黒髪の娘が入ってきた。せつらがいなければ、部屋中がかがやくような美女である。

「いつも、あなたのお声を取り次ぐ者です」

「あ、電話」

「雪蘭《せつらん》と申します」

娘は頭を下げた。顔はもう紅《くれない》に染まっている。それでも無表情に、紺《こん》の絹布《けんぷ》を敷いた黄金の台をテーブルに置いた。

名前のとおり、白雪の指が離れると、布の上に二〇センチばかりの鍼《はり》が載っていた。太さは〇・一ミリもあるまい。反対側の端はやや太く丸い。

何かを感じたのか、せつらは珍しく身を乗り出し、

「これで死の翳を刺す？」

と訊いた。

「いえ、あなたを」

「えー？」

それからの話は早かった。

夜香はせつらの額《ひたい》に鍼のほぼ全体を打ち入れ、一〇秒ほど待ってから、ゆっくりと引き抜いた。額から後頭部まで、細い穴に氷を詰めたような感触が残った。

「鍼の開けた穴が、死の翳を吸い込み、あなたの吐気に混ぜて吐き出します。完全に翳を吐棄《とき》する時間は、これからのあなたの生命《いのち》と同じ、明後日の夜明けまでです。その間、生命あるものには近づかないでください」

「――どうして？」

「あなたの吐気はその間、死を吐き続けます。触れたものは即座に生命を失うでしょう」

「ラパチーニの娘か」

「二四時間、何処にいようとご自由ですが、なるべく屋内に留《とど》まって過ごすことをお勧めいたします」

「当然」

せつらは溜息《ためいき》をついた。

2

夜香は〈戸山住宅〉の一室を勧めたが、せつらは自宅の六畳間に閉じこもることに決めた。

しかし。

「困った」

〈戸山住宅〉から帰宅するまで、そして、帰ってからもこの繰《く》り返しであった。

通りを歩いてみると、二、三メートル先の通行人がばたばたと倒れ、これは危ないとスギ花粉用のマスクをつけてタクシーに乗った。三〇メートルあたりで、運転手が前のめりに倒れ、もたれたハンドルが回転して、ガードレールに突っ込んでしまった。やむを得ず、運転手を放り出し、自らハンドルを握って帰宅した。早速かけたニュースによると、通行人と運転手は強度の精神的肉体的な衰弱状態に陥《おちい》っているが、生命に別状はないという。

「困った。出られない」

他にも仕事はある。夜が明ければ、歩き廻らなければならないのだ。アナクロなメモ帳を取り出して、

「今日は四件か」

溜息が出た。

途端に、天井から一匹の蛾《が》が畳の上に落ちて、すぐ動かなくなった。

じっとそれを見て、

「面白い」

おかしなことを口走りはじめた。

「気分転換」

家中を廻って、三〇分ばかりで戻ってきた。

「戦果――外谷のように肥え太ったゴキブリ二匹。おしまい」


阿呆《あほ》らしいと締めてから、シャワーを浴びて寝てしまった。


夜香の言葉どおり、拷問《ごうもん》は言語に絶するものであった。

ドリアン・グレイは不老不死の体得者だ。何度殺されても復活する。だが、死の大苦患《くげん》は人間いちど味わえば済む。夜香は、これを不死者への最凶の責め苦に据《す》えた。地獄に落ちる苦痛が無限に襲う――不死者ゆえの、まさしく死に勝《まさ》る拷問であった。

真藤の肖像画の在《あ》り処《か》を吐けと、ドリアン・グレイは頭をつぶされ、四肢《しし》も男根も斬り落とされ、生きたまま焼かれた。

それでも彼は克己《こっき》頑健《がんけん》なる宗教者のように転ばなかった。

チェーン・ソーで頭を縦に割った後、これで二〇〇回死んだがとつぶやきながら夜香は去った。

やがて拷問係も姿を消し、血臭のみ濃厚に漂《ただよ》う

部屋に、声もない画家ひとりが残された。

長い時間が経って、昼も夜もない、壁に灯火のみが揺れる一室に、ひとつの影が入ってきた。

「ドリアン・グレイ」

と呼びかけたのは、ヴィクター・フランケンシュタインであった。

「ほう、どうしてここへ?」

こう尋ねるドリアン・グレイの顔は、絵のように美しく、安らかであった。割られた頭部は元に戻っていた。

「今の私の世界から見れば、こちらは天井のない建物と同じです。それより、もう一度、私の希望の実現にトライしていただけませんか?」

「不老不死だったな。だが、理想の相手は失われた」

「必要とあれば、今の私には何度でも奪い返せます。ですが、気が変わりました。被験者はエリザベスで願います」

「どういう風の吹き廻しかな?」

ドリアン・グレイは眉《まゆ》を寄せた。地獄の苦痛の痕《あと》などかけらも残っていない。木の台に寝かされた身体は、鉄環《かなわ》で三カ所固定されていた。

「あなたの希望——死の世界で生ける死者の魂《たましい》を封じられるかを、実現してほしいのがひとつ。二つ目は、あなたもエリザベスを永久に苛《さいな》むことができる」

「それをしてどうなる?」

ドリアン・グレイの憂愁《ゆうしゅう》は、さらに深まったようだ。フランケンシュタインがエリザベスを捜《さが》し求めていたことは、彼も知っている。それは創造主の創造物への思い以上に、かつての恋人同士の愛のようなものだと、彼は理解していた。だが、眼の前の若者は、自らの夢の実現のために、あっさりと彼女の殺害を認めた。ジャンルこそ異《こと》なるが、一種の芸術家的感性の持ち主同士として、それは理解できる。だが、殺害を繰り返せるから、死の国での不老不死——魂の封印を求めるとは。夜香の拷問を受けた身として、彼は釈然《しゃくぜん》としない気分で、若い学徒を見つめた。

「——常識では何も。あなたたちを見て、私が性的な興奮を覚えるだけです」

ドリアン・グレイは、薄笑いを隠さぬ学徒の顔を、しげしげと覗《のぞ》き込んで、

「向こうの悪霊に憑《や》かれたな」

と言った。

「とんでもない。私はあくまでも私の意思であちらに惹《ひ》かれ、留まりました。そして、思ったのです。死の世界で新たな生命を創造することこそ、こちらに対する福音《ふくいん》ではないか、とね。ドリアン・グレイ——もうあなたの技は必要ありません。エリザベスもKARINもどうでもよろしい。私はあちらの世界で、新しい生命を造り出す。そして、死の世界の尖兵《せんぺい》として、こちらへ送り込みます。そうすれば、数にもよるが、こちらは一年と経たずに、死の世界に同化するでしょう」

それから、長いこと二人の間には沈黙が落ちた。

やがて、低く地を這《は》うように、ドリアン・グレイが言った。

「私が要《い》らんと言ったな。では、何故《なぜ》、ここへ来た？」

フランケンシュタインは明るく笑った。

「ひょっとしたら、あなたが邪魔者になるのでは、と考えたのですよ」

「ほう」

「あなたも、死の世界に魅《み》せられた。そして、どうやら、死者をもその手で封じ込めることに成功したようだ。それは少しまずいのです」

「ふむ。わからんでもないな。ヴィクター・フランケンシュタイン。人類に生命創造の福音をもたらした男が、今度は裏切り者に廻るか。死の国の使者となって？」

「生まれたばかりの赤ん坊が、なぜあんなに泣き叫

ぶかご存じですか？　安らぎに満ちた死の世界から、騒然、乱雑な生の国へと放り出されたからですよ。ですが、じき、赤ん坊の泣き声は聞こえなくなるでしょう」

「………」

「ドリアン・グレイ。あなたは魂を封じ込めることによって、生ある人間を不老不死に変える。それは私にとってまずいのです。いま答えてもらいたい。こちらに留まるか？　あちら側に付くか？」

フランケンシュタインが一歩進んだ。右手に光るものを握ったのは、いつだろう。長い解剖刀《メス》だ。

「私は殺せんぞ」

ドリアン・グレイの返事に、フランケンシュタインはうなずいた。

「いかにも、生者には。だが、死者ならばどうです？」

ドリアン・グレイの動揺を知らぬ顔に、恐怖の色が走った。

「解《ほど》け——この鉄の環を外せえ」

身を打ち震わせて彼は絶叫した。

「ご安心なさい」

フランケンシュタインは微笑を浮かべた。

「私が死の国の人間でも、ここではあなたを殺せません。こちらの世界の法則に従わざるを得ないからです。もう一度、おいでください。あの薄明の国へ」

学徒の細長い指が触れると、首に巻いた鉄環が外れた。

「やめろ。誰か来てくれ」

「お静かに」

足の環も外れた。

「最後です」

指が胴の環にかかった。

低く呻《うめ》いてフランケンシュタインは後じさった。

指先から白煙と炎が上がっている。

青い瞳が、鉄環の表面に刻《きざ》まれた梵字《ぼんじ》に吸いついた。魔を遠ざける排邪《はいじゃ》の呪文《じゅもん》であった。

柳眉《りゅうび》を寄せながら、フランケンシュタインは、しかし、同じ手で鉄環を握りしめた。

「完全なあちらの存在には無理ですが、私はなり切っていないので」

「そいつはよかった」

声と同時に、風を切る音がフランケンシュタインの右肺を貫いた。衝撃で後退しながら、彼は一歩で留めた。その左肺と鳩尾《みぞおち》に黒い矢が生《は》えた。堪《たま》らず、彼はその場に尻餅をついた。

拘束台をはさんで六、七メートル向こうに、弩《いしゆみ》を構えた男女が立っていた。生まれついての妖物《ようぶつ》監視員――官羅と鈴草であった。

「死者の国から忍び込んだ汚怪人《おかいびと》――去れ！」

二本の矢が飛んだ。

鉄製のそれを、風の唸《うな》りが弾きとばした。

二人は下腹部を押さえてよろめいた。刺さっているのは、確かに彼らが放った矢であった。


「も、もとの私なら動きもできなかったが、今は半分が痛みを感じぬ世界の所属。ただの吸血鬼には負けませんな」

「それなら、よけてみたまえ」

またも別の声が、フランケンシュタインをわななかせた。彼は右膝のやや上を見た。長槍が貫通していた。

フランケンシュタインの真ん前――一〇メートルほど前方に、青いケープに身を包んだ夜香が、投擲《とうてき》の姿勢を取っていた。

フランケンシュタインの身体がかすんだ。超高速移動に入ったのだ。だが、その姿はたちまち実体を取り戻し、前のめりに倒れた。床にぶつかった矢は、さらに深く食い込んだ。

「我らの敵は長い間、我らの同種であった」

夜香はゆっくりと歩を進めながら言った。歩幅は常人と変わらぬのに、進む距離は倍を超えていた。

「魔性《ましょう》の者には魔性の者、吸血鬼には吸血鬼。そして、魔力には魔力——その矢にも槍穂《やりほ》にも、我らさえ触れぬ破魔《はま》の呪文が記《しる》されている。半素人《しろうと》の死人など、歩くこともできぬ。その姿で、ドリアン・グレイと同じ獄に収容し、責め問いにかけてやろう」

「私は別だ」

台上でドリアン・グレイが身悶《みもだ》えした。

「私を即刻、この汚《けが》らわしい台から解放しろ。そして、秋せつらとドクター・メフィストの下へ案内するがいい。危機が迫っているぞ。〈新宿〉のみに留まらぬ、この世界未曾有《みぞう》の危機が。食い止めるには、〈新宿〉の主人《あるじ》の力が必要だ」

「たわけたことを」

官羅が血の泡《あわ》をとばして笑った。

「死人の世迷《よま》い言《ごと》を信じて、この街に風雲を起こすか、ドリアン・グレイ」

「夜香様、耳を傾けてはなりません」

これも横倒しの鈴草であった。


夜香はしかし、ちらと魔性の画家に一瞥《いちべつ》をくれると、

「真《まこと》のことか?」

と訊いた。

「まさしく」

「おまえが、警察や〈区長〉の名を口にしたら、信じなどしなかったろう。だが、秋せつらとドクター・メフィストの名を告げた以上、その言《げん》には真実があるとみる。よかろう」

彼は滑るように近づき、ドリアン・グレイを縛《ばく》する唯一《ゆいいつ》の鉄環に触れた。何処かに仕掛けがあるのか、環は難なく外れた。

「行く前に、私にその件を説明してもらおう」

「いいとも。だが、その前に奴《やつ》を牢に入れろ」

ドリアン・グレイは、上体を起こすのももどかしげに叫んだ。

「絶対に脱《ぬ》けられぬ牢だ。死の国の使いが来ても隙《すき》の見つけられない牢だ」

「お任《まか》せを」

夜香は身を翻《ひるがえ》して、フランケンシュタインの方へ歩き出した。

その槍はどこからとんできたものか。最初の投擲場所と投擲手はわかっている。夜香が真藤の石棺を刺した槍だ。

それが今、夜香の左胸を貫き、モズの速贄《はやにえ》のように後方の石壁に串刺しにした。

夜香は一度、血を吐いた。青いケープが塵にまみれるまで三秒とかからなかった。

槍は真藤の手によるものではなく、封じ込められた彼の魂が得た〝力〟によって投じられたものだろうか。夜か昼かもわからぬ石の部屋に、濃密な血臭ばかりが広がりはじめ、異常に気づいた夜の者たちが駆けつけたとき、室内に横たわるのは、二名の監視役だけであった。彼らはその二名を医療部屋へと送り込んだ後、青いケープと周辺の塵を丁寧《ていねい》に集め、用意した黄金の壺《つぼ》に収めてから、恭《うやうや》しく再生廟《びょう》へと運んでいった。

3

夜明けから昼近くまでは拒否できたが、以後は、向こうからやって来た。

バイトの娘が忘れた物を取りに来た、せんべい店のシャッターを下ろしてあるのに、ガイドブック片手の観光客が集団で押しかけてくる、新担当のセールスマンがご挨拶にとやって来る、宅配が届け物に来る、明らかな空巣《あきす》が裏庭から侵入しようとうろついている、警官に化けた押し込みがIDカードをちらつかせる、移動デリバリ嬢が喉《のど》が渇《かわ》いて死にそうと豊満な胸元を広げて見せる——これらに無視を通したところへ、チャイムが鳴った。

「エリザベスよ」

と来た。

「え」

「行くところがないの、泊めてくださいい」

「帰れ」

「周りで人が次々に倒れていく。あちらの翳が私を放そうとしないのよ」

「来るな」

「仕事の依頼があるわ」

「本当？」

「本当よ」

せつらはサングラスをかけてから、六畳間に通じるドアを開けた。

「ありがとう、助かったわ」

エリザベスは事情を説明した。

〈モルグ街〉の学生向きアパートへ入ったのだが、周囲の人間が次々に死んでいく。

「原因は？」

「不明だけれど――わかるわね？」

「わかる」

「死の世界が私たちを覆《おお》ってるのよ。さっきのニュースで、〈歌舞伎町〉でもおかしな死の連鎖《れんさ》が生じていると言っていたわ。これを避けるには、ひとりきりになるか、同じような人間のそばにいるしかない。死の翳はいずれ去る」

「いつになることか」

せつらは珍しく、正直な感想を口にした。少しは気になるらしい。

「待つしかないわね、二人で」

エリザベスは、じっとせつらを見た。

彼女を知る者には想像もつかなかった光が、点《とも》っていた。欲情だ。

手がサングラスに伸び――戻った。

「これを外したら、人間《ひと》の精神《こころ》が維持できなくなるわね」

「はは」

エリザベスは部屋の隅《すみ》で膝を抱《かか》えた。

「ここにいるわ。あなたは好きにして。食事もトイレも気にしないで」

「しないしない」

せつらは奥のドアを指さした。せんべい店に続いている。

「向こうに空《あ》き部屋がある」

「ここが好き」

「はあ」

「理由を訊かないのね？　仕事以外で他人には興味がない？」

「はは」

「私がこの隅にいるのは、ここがあなたの仕事場だからよ」

「はあ」

「いつもここにいるのね？」

「いつも、じゃないけど」

「でも、あなたの整髪料の匂《にお》いがするわ」

「いや、使わない。シャンプー」

「あら。失礼」

エリザベスは、右方のデスクへ眼をやった。

「そのパソコン――使っているの？」

「もちろん」

「似合わないわよ」

「はあ」

「羽根ペンにインク壺」

「時代遅れ」

「そんな人がひとりくらいいてもいいじゃない。盛り場なんて、新しくなるとロクなことがないわ」

「そうそう」

これには異論がないらしく、せつらは同意を示した。

「善悪正邪――各種取り揃《そろ》えております、が〈新宿〉のモットーだ。古いも新しいもない。最近、〈区役所〉が浄化運動をやらかしたけど、開始初日でつぶれた。四年後にオリンピックを〈新宿〉でやろうというアイディアをＩＯＣが出したかららしい」

「大した眼利《き》きがいるわね」

「まったく」

この途方もない冗談としか思えないイベントを打ち出したのが誰かはわからない。ＩＯＣの発案という者もいる。その根拠は、ＩＯＣの委員の中に〈新宿〉出身者が含まれているという話だが、こちらも確認はできていない。とにかく、半年ほど前、オリンピック招致を巡《めぐ》って、賛成派と反対派が殺し合いを演じたことだけは間違いない。

〈区役所〉を襲撃した暴徒に対して、窓から発砲する掃除のおばちゃんの写真は、全世界に配信され、ヒステリカルと評された。

「最近、〈区外〉の来訪者が多くなってるのは、そのせいだね。みんな興味をそそられてる。あとは政府のスパイだな」

「よく化物《ばけもの》の巣でオリンピックなんか開催する気になったわね。選手も観客も食べられちゃうわよ」

「ユニークなオリンピックになるね」

せつらの頭の中に、液体生物に溶かされる一〇〇メートル自由形の選手や、鉄棒から飛翔《ひしょう》し着地に入った選手の下で、大きな口を開けたマット等々が浮かんでいるに違いない。

「だからって、正式決定にも到《いた》らないのに、健全な〈新宿〉をめざして、風俗の全面禁止とか、水商売は一〇時までとか言い出すのは困る。清潔な〈新宿〉に意味なんてあるかい？」

「わからないけど、住みやすくなるわよ、人間には」

「それがいいってわけじゃない。そもそも、この世界は人間だけのものじゃないんだ。そんな〈区政〉を実施し出したら、〈新宿〉はつぶされるよ。人間以外の住人に」

「それも面白いんじゃない？」

「無責任女」

悪罵《あくば》とも言えないのんびりした罵声だが、〝〈区外〉の〟とつけないところが珍しい。この若者にとっては、内も外もさして変わりはないのかもしれない。この街で、〈人間〉と〈人外〉の区別がさして意味を持たないのと等しく。

「困ったな」

せつらが頭を掻《か》いたのは、一四時を廻った頃だ。

「買い置きがない。食事に出る」

「ちょっと」

エリザベスが慌《あわ》てた。

「自分が歩く殺人マシンだとわかっているんでしょうね。息だけで人を殺せるのよ。ここに閉じこもるんじゃなかったの？」

「背に腹は代えられない。考えてみたら、昨日から何も」

ついさっきまで、外へは出ないと、あらゆる誘いを拒否していたのがこれだ。

三和土《たたき》へ下りるせつらの背中を見ながら、

「私も行くわ」

とエリザベスも立ち上がった。どうも、魔性に近いのと魔性——揃って芯《しん》が通っていない。


通りへ出て、ああああ、とせつらが伸びをすると、ちょうど、頭上を横切った鴉《からす》が、ばっさりと落ちてきた。

憮然と立つせつらと、路上の鴉を見比べて、

「何か言いたいことは？」

「何も」

「店内で食事はできないわね。私たち以外は皆殺しよ」

「仕方がない」

せつらは、少ししょんぼりしたように言った。

二人は〈新宿駅〉の方へ歩き出した。五分ほどで、ハンバーガー・ショップの前に来た。

ハンバーガーとソーセージの絵が描かれた店の横の窓から、白いコック帽の親爺《おやじ》が顔を出し、

「さあ、入ってきな。うちのハンバーガーは一〇〇パーセント牛だ。厚さは三センチ、玉ネギもトマトもチーズもたっぷり。マスタードとケチャップはか

け放題だ」

店売りだけではなく、こうして外売りも兼ねている。

「これなら、ひとりだけで済むわよ」

「そだね」

とんでもない言葉を交《か》わすと、せつらたちはするりと男の窓に近づいた。

「あ、私――チーズ・バーガーとフライド・ポテト、コーラはペプシのM」

「それと、普通のハンバーガーひとつ」

「あいよ」

男は愛想《あいそ》よくうなずいて、手元の鉄板でハンバーグを焼きはじめた。

「あ、喉渇いた。ちょい待ち」

男は素早く店内へ消えた。ハンバーグの焼ける匂いと音が、ストリート・ミュージックであった。

五分ほど経った。ハンバーグは火と煙を吐いている。

せつらは店内へと向かった。

ドアを開けると、ロックが鳴り響いていた。ひどく空々《そらぞら》しい。

せつらは店内を見廻した。ほとんどのテーブルは埋まっている。客たちは全員談笑中か、食事中である。

ただ――誰も動かず、声も聞こえない。

「みな――死人」

せつらは手近のテーブルにとばした妖糸を巻き取りながら言った。

「死因は？」

背後にエリザベスがいた。

「不明」

とせつらは返して、

「ただし、急に死んだ。あまりに急で、身体がまだ生きているのか、死んでいるのかわかっていないんだ」

ハンバーガーにかぶりついた若者、コーヒー・カップを手にした中年のサラリーマン、カウンターに列を作った客たち、彼らの先頭にトレイを差し出した姿勢の女店員。みんな死んでいる。

「ヴィクターかしらね？」

フランケンシュタインのことである。

「加担してるね」

とせつら。

「侵寇《しんこう》開始ね」

生者と死者と――生と死と。

それは生命あるものが知らぬだけで、宇宙の成り立ちからの戦いだったのかもしれない。

今、その片方が布告もなしに、静かな火蓋《ひぶた》を切ったと、魔人と魔性はひしひしと感じ取ったのである。

「何かあったら、一一〇番」

せつらがスマホを取り出した。

院長室にいたメフィストに、怪事の知らせが届いたのは、せつらがハンバーガー・ショップに入ったのと同時だった。

正面ホールの患者たちが全員死亡。

駆けつけたメフィストが見たものは、死亡時の姿勢をそのまま留めた死者たちであった。

すでに駆けつけていた医師たちと警備員が見つめる中、自らの運命も知らぬげに佇《たたず》み、ソファにかけた人々の間を巡って、

「領海侵犯だぞ、死よ」

と、悪魔の名を持つ医師はつぶやいた。

「だが、こちらにも迎え撃つ手だてはある。『蘇生室』へ運べ」

不意に彼は左胸を押さえてよろめいた。医師団をふり返って、

「緊急手術を行なう。私《わたし》用の手術室を用意したまえ」

と命じた。見えざる世界の攻撃は、〈魔界医師〉に狙《ねら》いを定めたのであった。

第九章　侵《しん》寇《こう》者

1

せつらとエリザベスが〈メフィスト病院〉へ駆けつけたのは、その日の午後三時を過ぎていた。

二人を待っていたのは、メフィスト院長は専用の手術室で手術中という受付の応答だった。

何か途方もないことが起きている――というより、

「狙《ねら》われたね」

とせつらは納得した。手術がいつ終了するかは不明だという。

受付の娘は奇妙な眼つきと表情を二人へ送りながら、

「秋さまには、院長からご自身に関わる情報はすべてお伝えするようにと言われております。あなたの前に、もうおひと方、院長を訪ねてみえました」

ピンと来たらしく、

「名前は？」

「ドリアン・グレイ」

「帰りましたか？」

「――と思いますが」

「夜香」

とつぶやいて、せつらはロビーに集まった人々を見廻《みまわ》した。

「手術が完了したら、連絡をいただけますか？」

「そう言いつかっております」

「どーも」

こう言ってせつらは外へ出た。すぐに会話可能なガスマスクを外す。世界中の軍隊の払い下げ品を扱うサープラス・ショップで購入した品である。

背後からドリアン・グレイが追ってくるところだった。せつらと同じ、濃いサングラスをかけている。せつらはマスクを戻した。

「事情はわかっているな？」

と画家は切り出した。

せつらはうなずいた。通り過ぎる人々が、おかしな視線を浴びせていく。サングラスVS.ガスマスクだ。

ドリアン・グレイがサングラスをずらしながら、

「参謀はフランケンシュタインだ。彼は死の世界に魅入《みい》られ、生を滅ぼそうとしている」

「打つ手はある?」

「ひとつ」

「うちで話そう」

白い指が、〈靖国通り〉の方を指さした。

〈旧区役所通り〉との交差点の信号は青であった。路上で歩行者が、ばたばたと倒れていく。

二人のせいではない。死の国の攻撃だ。

「危ない。近くの談話スペースにしよう——と言っても、近くにはない、と」

〈旧区役所通り〉に眼を走らせ、せつらは、それこそ近くの一点を指さした。

「新宿カプセル・ホテル」の看板であった。


フロントでせつらがエリザベスと込みの料金を支払い、ドリアン・グレイは自腹である。

「後で精算ね」

せつらはエリザベスに告げて、部屋には入らず、広いロビーの端に並んだソファに移動した。

数名の客とフロント係が、陶然《とうぜん》とこちらを眺めている。夢遊病状態に等しい。これなら、何をしゃべっても馬耳東風《ばじとうふう》どころか、耳にも入るまい。

まず、せつらが、

「その眼鏡《めがね》は?」

と訊《き》いた。サングラスと言わないところが、この若者らしい。そして、本題を離れている。

「外すとまずい」

青い眼が、北側の壁に据《す》えられた熱帯魚の水槽を捉《とら》えた。

サングラスを外した。

動きを止めた魚たちが水面に浮き上がっても、騒ぐ者はいなかった。

サングラスをかけて、

「死国の影響——君らは吐息か。私は眼だ」

とドリアン・グレイは言った。珍しく、疲れたような声であった。

「眼鏡を取ったら殺す」

とせつら。迫力のない脅《おど》しである。

「わかっている。だが、問題はそれじゃない」

ドリアン・グレイは声をひそめた。

「モデルの魂を絵に封じ込めるには、そのモデルの見えない毛穴まで凝視《ぎょうし》しなければならない。私はその外見から内臓の疾患《しっかん》までも見る。だが、サングラスをかけていてはそれが不可能だ。そして、死の国の侵寇《しんこう》に対する唯一の対抗手段とは、敵の中枢《ちゅうすう》を破壊することにある。つまりフランケンシュタインの死だ。しかし、彼はすでに死者の国の人間だ。死をもたらすことはできん。私の絵の中に封じ込めれば、いつもは使わん技を——肉体を魂を欠いた木《で》偶《く》とすることもできる——これだけが、生が死を食い止め得る。私ならやれる。だが、今のフランケンシュタインなら無効とするかもしれん」

「それでメフィストのところか」

せつらは納得した。

「けど、彼は病んでいる」

ドリアン・グレイの青い眼がせつらを見つめた。

「眼を向けたら、眼鏡をかけていても殺す」

せつらは宣言してから、床に転げ落ちた。

エリザベスが駆け寄って抱き起こし、ソファに横たえた。

「大丈夫？」

「大丈夫」

せつらは答えて、坐《すわ》り直した。蠟《ろう》のごとき顔色に、すぐ、あるかなきかの血の色がさした。

「じっと見たら殺す」

とせつらは、また言い渡した。

「僕もまだ死の影響を受けている。だから、これで済んだ」

「こちらにいれば、いつか死の世界の色彩《いろ》も薄まっていく」

エリザベスであった。左胸に手を当てて、

「でも、それにはもう少しかかりそう」

と言った。不死である身にはわかるのかもしれない。

その口元に自嘲《じちょう》にも似た笑《え》みを滲《にじ》ませて、

「私たちはどっちなの？　生者、それとも、死者？」

ロビーを占《し》めている恍惚《こうこつ》たる沈黙とは別の静けさが三人に寄り添った。

少しして、せつらが、

「フランケンシュタインが僕らを殺さないのは、死の翳《かげ》を背負っているからだ。同類は殺しづらいんだな。翳が消えかけたら引導《いんどう》を渡しに来るだろう。それまでが勝負だ。眼にもの見せてやる」

何とも迫力のない言い廻しだが、聞いた二人は、背すじでも寒くなったように身震いした。

「しかし」

せつらは小首《こくび》を傾《かし》げた。ロビー中に溜息《ためいき》が広がった。居合わせた連中の、感嘆の喘《あえ》ぎ――というより、神の降臨《こうりん》を目《ま》のあたりにした信徒の恍惚に近い。

「けど、画家の眼が見えないんじゃ困ったな。絵が完成しないと、フランケンシュタインを封じ込められない」

「お互い待つしかあるまい」

「人がたくさん死ぬなあ」

「そんなにもヒューマニストだったかしら」

エリザベスが、こちらも珍しく、揶揄《やゆ》するように言った。

「死ぬのはいいけど、〈区〉の人口が減るのは困る。依頼人がいなくなる」

腕を組んだ。少し眉《まゆ》を寄せる。少しも苦悩中には見えないが。ついに、客のひとり――女子大生らしいグループのひとりが、ああンと呻《うめ》いて倒れた。

「ここまで来たか」

緊張の面持《おもも》ちでドリアン・グレイが立ち上がり、
違うわよ、とエリザベスが首をふった。

せつらは眼を宙に浮かせている。

携帯が鳴った。

「おお」

意識的にドスの利《き》いた声を出す。普通にやらかすと、相手が喪心《そうしん》する場合があるからだ。

〈戸山住宅〉の電話係――雪蘭であった。せつらを確認し、切迫した声で、

「真藤が逃げました」

と告げた。

「夜香さまが倒れた隙《すき》に、流れ水の牢《ろう》を脱《ぬ》けて」

夜香が倒れた原因は、槍《やり》で刺されたものである。

前後の事情も聞いた上で、ドリアン・グレイは、

「絵に封じ込めた魂は基本的に本体に影響を及ぼさないが、何事にも例外がある。真藤の魂は何らかの〝力〟を得て、本体とその世界へそれを及ぼしはじめたのだ。枷《かせ》が外れた以上、奴《やつ》は新しい血を求めて彷徨《ほうこう》中に違いない」

それを聞いて、せつらは、ふと宙を仰《あお》いだ。

まだつないだままの携帯へ、

「夜香の意識は？」

「じきに取り戻せる、と」

「まだ電話には？」

沈黙が生じた。

「すぐに出せ」

ドリアン・グレイとエリザベスが、ほおという表情を向けた。三〇秒ほどして、低いが張りのある声が、

「ご無事で？」

「僕の精神が読める？」

「その麗《うるわ》しい眼を覗《のぞ》かせていただければ」

「これから伺《うかが》う」

携帯を切ったせつらへ、二人の朋輩《ほうばい》が奇妙な眼差《まなざ》しを送った。

〈戸山住宅〉へ着いたのは、夕暮れの時刻だった。

大急ぎでタクシーが走り去ると、サングラスとマスクをつけた三人の周囲に影たちが浮かび上がった。

夜の護衛たちである。

せつらのみが、夜香の部屋へ通された。鉄の扉の奥である。

質素な、しかし、数千年の時間《とき》の重みを感じさせる石の空間に、これは豪奢《ごうしゃ》な石棺《せっかん》が置かれていた。

せつらの家へ来たときの品とは天と地ほども違う。これは王の棲家《すみか》。あちらは移動機関なのだ。

「心臓を刺されました。まだ動くことはできませんが」

陰々《いんいん》たる声がせつらの耳に届いた。

「眼を見てくれ」

「承知いたしました。よほどのアイディアを思いつかれたのですね」

それを口にしたら、すでに周囲を囲む〝死〟に気づかれる、と夜香にもわかっている。

石棺の蓋《ふた》が滑《なめ》らかにスライドして、開いた空間から、白髪の上体が起き上がった。

「わ」

だが、せつらを向いた顔は夜香のものであった。

せつらは前へ出て、顔を寄せた。具合はどう？のひとこともない。夜香もその辺は心得ているから、不平顔など作らず、天与の美貌《びぼう》を覗き込んだ。

「まさか」

と呻いたのは、五秒と経《た》っていない。

「これしか手はない。ここまで無事に来られた。フランケンシュタインめ、別のことに気を取られている。今をおいて他にない」

まるでメモを読んでいるような、せつらの口調であった。

夜香は二人を見て、

「外のお二人はご承知なのですか？」

「独断」

「わかりました。ですが、ご要望を叶《かな》えるには、この住人全員が微妙な調整を行なわなくてはなりません。不可能な者も出るでしょう。その時、私は責任を取れません」

「責任は」

とせつらは美しい眉を少し八の字にして、

「彼が取る」

扉の外にいるドリアン・グレイが嫌そうな顔をした。原因不明の寒気を感じたのだ。

「――〈区長〉だな」

とせつら。

冗談のつもりだったらしい。

「ははは」

夜香はくすりとして、

「では――すぐに」

「よろしく。〈区役所〉と警察へは連絡しておく」

せつらは胸を張って、部屋を出た。


エリザベスがドリアン・グレイの方を見ながら訊いた。

「何をしたの？」

「頼み事」

「よっぽど後ろめたいことを企《たくら》んだのね」

「ははは」

それまで、服の前を合わせて震えていたふうのドリアン・グレイが、

「ここへ来ると聞いたときから考えていたのだが、生者が死の国へ取り込まれず、かつ死者であらぬためには、生きてもおらず死んでもいない存在になるしかない」

怒りとも思える眼つきでせつらを見た。

「まさか――〈区民〉全員の血を、ここの住人に……」

「正解」

とせつらは腕を組んで、重々しく――ダルそうにうなずいた。

2

闇が濃さを増すと同時に、夜の生きものたちは行動を開始した。その特性を生かして、夜間警備員や要人の護衛、パトロール等に甘んじていた者たちが、今や嬉々《きき》として本来の生き方を全《まっと》う中であった。

　彼らは音もなく通行人の背後に廻り、その首すじに――その下の青い管《くだ》に唇を押しつける。道ゆく者は、ふと違和感を感じて、口づけの跡に手をやるが、そこにはややうじゃじゃけた小さな二つの痕《あと》が残っているばかりで、接近者の気配はない。足を止めぬ――どころか、口づけに気づかぬ通行人もいるほどだ。勿論《もちろん》これには、数百年の時間と経験が必要だ。

　クラブやバー、イベント・ホールでもそれは静かに行なわれた。

　気がつかなかった――そんな者ばかりではない。予知能力者《プレコグニスト》、精神感応者《テレパシスト》、勘《かん》のよい者たち――彼らは早々に店を出るか、来店前に杭《くい》を用意するか、〝妖物《ようぶつ》屋〟〝護身店《セルフ・プロテクト・ショップ》〟にとび込んで聖水や十字架を求めるか、どれかを選ぶ。だが、いつの間にか飲み物には媚薬《びやく》が投じられ、ＢＧＭは妖眠《ようみん》へと誘《いざな》うリズムとメロディに化けている。

　夜の香りと味を信用するな。椅子《いす》の上で眠りについた人々へ、影たちはひそやかに淫靡《いんび》な口づけを与えていく。

　車はどうか？

　破邪の呪文《じゅもん》やタリスマンで飾《かざ》ったドアをロックしても、ドライバーは前後しか見はしない。だから、生きものは空中からやって来る。

　屋根に舞い下りるや、長い手を内側のロックの外に当てる。それだけで外れた。パワー・ウインドウもひと押しで下がる。一センチも開けば、乗員のかたわらに寄り添って、口づけを与えるのは簡単だ。

そこで気がついても、乗員はもう声も出せぬ。

ドライバーは知っていたかもしれない。大概《たいがい》の車は一瞬、走行を乱すからだ。だが、車は異状なく家へ戻り、同じ傷のある家族に迎えられた人々は、風呂には入らずシャワーも浴びず、普通に夕食を摂《と》った。お茶や水、ジュースや栄養ドリンクの量がいつもより多い。

生きものたちは多忙であった。

路地を抜け、通りを走り、宙をとんだ。黒衣《こくい》の袖《そで》と裾《すそ》は鳥の翼のように彼らを舞わせた。

時折りすれ違う青白い影は、しかし、生き生きと笑みを交《か》わした。これこそが、彼らなのだった。

夜香の配下たちが飛翔《ひしょう》しはじめてすぐ、せつらはあることを思いついた。

「必ずモデルが必要？」

とやや眠たげなドリアン・グレイに訊いた。

「要《い》らない場合もある。対象の魅力によるな。試したことがある。いくら努力しても上手《うま》くいかなかった。気が乗らないのだろう」

「フランケンシュタインは？」

ドリアン・グレイが、ほお、という表情を浮かべた。

「やはり、そう来たか」

「あっちの存在も絵に描けそうだと言ったよね」

「確かに――だが、さっき言ったぞ――」

「聞いた。描いても無効かもしれないと」

「そうだ」

「かもしれないなら、そこを何とかならない？　この世界も死人だけになってしまう」

「フランケンシュタインをモデルにするなら、彼と会わねばならん。そして、精魂込めて見つめなければならない」

「想像でチャチャっと描けない？――おっと」

ふられた拳《こぶし》をさけて、せつらは三メートルも後ろへ跳んだ。

「芸術は、〈区外〉でも〈新宿〉でも、神聖不可侵《しんせいふかしん》なものだ。私はその一端の担《にな》い手としての誇りを持っている」

「取り敢《あ》えず捨てよう」

「おまえを描く余裕がないのが残念だ」

「こうしている間に、フランケンシュタインの用事が済む。次は僕たちが死ぬ番だ。こちら側では不死身でも、向こうじゃそうはいかないぞ」

ドリアン・グレイは沈黙した。この不老不死の画家に、またも死の恐怖が忍び寄ったのだった。

だが、彼は首を横にふった。

「ならとっくに殺《や》られている。奴も私のような存在には手が出せないんだ」

「今じゃ、あっちの存在だ。何とか籠絡《ろうらく》の手を考えているさ。ひょっとしたら、僕たちに何もしない理由の正解は、それに邁進《まいしん》中のせいかもしれない」

「何だと思う?」

せつらは首を傾げた。


あ? と洩《も》らしたのは数秒後であった。

「フランケンシュタイン」

と続けてから、エリザベスを見やった。何もない空間を瞳に留《とど》めて、

「いない」

と言った。


危険な招きであることは感じていたが、エリザベスは逆《さか》らわなかった。

〈戸山住宅〉の地下では、広大さを誇る空間を、長く入り組んだ通路が繋《つな》いでいた。元からあった単純な路《みち》を、夜香の一族が掘り広げたものである。それぞれの通路の先には、夜香以外は知らぬ秘密の部屋があると言われるが、そのひとつが、埋葬所であるのは間違いない。

果てしなく燃え続ける石壁の灯火に影を任《まか》せながら、エリザベスは長い通路を渡って、ある鉄扉《てっぴ》の前に着いた。

扉の横に人間ひとりがくぐれるくらいの穴が開いていた。エリザベスは黙ってそこを抜けて、不死者が唯一擁《ゆいいつよう》する死の国へ入った。

「よく来た」

迎えたのは真藤であった。

「脱け出したと見せて留まる——単純な兵法だが、意外と気づかれぬものだ」

彼の足下《あしもと》には、長方形の石が置かれていた。その端を片手で摑《つか》むと、ハリボテのように軽々と運んで穴へ嵌《は》め込んだ。

「扉は夜香以外に開けることはできんし、この通路のことも数人しか知らん。何でも、この土地へ移ってきた当初、一族の内部の不届き者が人間の女に惚《ほ》れ、埋葬品目当てに開けたものと聞く。しっかり埋めたつもりでも、一度破れた塁《るい》は脆《もろ》いものだ。待っていたぞ、おれが血を吸った中で、誰よりも刺激的な女。今日こそ吸い尽くし、おれのものにしてくれる」

エリザベスは無言を維持していた。応答する気にもならなかった。

周囲には石棺が並んでいた。本来、吸血鬼は真の死者と化したとき、灰燼《かいじん》に戻る。石棺の中には水晶の壺《つぼ》が一基配置され、内部に詰められているのは、灰だ。この土地へ来る以前と以後で、失われた一族のものである。

「聞こえるか、女、死者たちの声が？」

と真藤が訊いた。

「叫んでいる。呻いている。泣いている。問うている。なぜここへ来たのか？　となあ」

「どうでもいいことよ」

真藤は愕然《がくぜん》と立ちすくんだ。

「しゃべれるのか？」

「死者はあちらの存在よ。こちらが何に対してどんな感慨《かんがい》を抱《いだ》こうと大きなお世話だわ」

「あちらはそう思っていないようだぜ」

真藤は唇を歪《ゆが》めて笑った。乱杭歯《らんぐいば》が剝《む》き出しになった。

「ここで拷問《ごうもん》にかけられている最中、おれは死の国へ大きく踏み込んだ。そして、見た。途方もないものが造り上げられているところをな。あれは――死の国の最終兵器だ」

「…………」

「あれをこっちへ持ってきて暴れさせるなんて、とんでもねえ邪悪な考えだ。それだけは阻止《そし》しなきゃならねえ。おれは死人になるつもりは毛頭《もうとう》ないんでな。そこで、あんたの周りの連中の力を貸してもらいたい」

「まさか、それで私を呼んだんじゃないでしょうね？」

「他にあるかい。この世の一大事だぜ」

さすがに自分を見つめるエリザベスへ、真藤は奇妙に澄んだ眼を向けたが、たちまち澱《よど》みに似た欲情が滲みはじめた。

「――とは言うものの、こんなところで二人きりになると、少々目的がねじ曲がっても仕方がねえか。どうしてもあんたの血を吸い尽くしてえんだよ。おれのものになっても、世界の危機を訴えることは――できるよな」

唇の端から涎《よだれ》が伝わった。

うす闇の中に爛々《らんらん》と真紅《しんく》の双眸《そうぼう》が点《とも》った。

「来い」

と手招いた。エリザベスの眼を見つめて、

「女――ここへ来い。おれの腕の中に。おれは夜香一族の拷問を受けて変わった。見てはならない世界を見てしまったものでな」

それは眼力にも影響を与えたものか、凝視《ぎょうし》を続けていたエリザベスが真藤の方へと一歩を踏み出したではないか。

「来い」

広げた腕の中にためらいもなく滑《すべ》り込んだ女体《にょたい》を抱きしめ、

「すぐには頸《くび》から吸わん。おまえのようなおれ好みは、あちこちに所有の印《しるし》をつけてくれる」

真藤の手は滑らかにエリザベスの着衣を外した。外からは想像もつかぬ豊かな乳房と肉体が、彼に生唾《なまつば》を呑《の》み込ませた。

「これは——思ったとおり、その辺の女どもとは雲泥《うんでい》の差よ、生きも死にもしない女。その血を吸い尽くしたら何が起きるか、これは愉《たの》しみだぜ」

真藤は乳房に吸いついた。

白い曲面を赤いすじがつうと流れた。それを乳房全体に塗りつけてから、真藤は跪《ひざまず》いた。

両腿《りょうもも》を割った。

腿という名の生々《なまなま》しい肉塊《にくかい》の間に顔を埋《うず》めて、つけ根に舌を這《は》わせた。

エリザベスの無反応ぶりが、吸血鬼の怒りをふくらませた。

右の腿に歯をたてた。口腔《こうこう》に生あたたかいものが流れ込んできた。溢《あふ》れてこぼれた。拭《ぬぐ》いもせず、

「美味《うま》いぜ、化物《ばけもの》」

ちゅうちゅうと動かす唇の間から、血塊《けっかい》が溢れた。エリザベスを化物と呼んだが、本物の化物は自分のほうだろう。胸も腹も腿までも女の生血で染め抜いて、快楽のあまりわななく手足からは鉤爪《かぎづめ》がのぞき、もっと血をもっと血をとがちがち牙《きば》を鳴らすその姿は、見たものが即死してもおかしくない凄《すさ》まじさであった。

牙は背にも食い込んだ。

エリザベスは床上に這わされた。

「尻を上げろ」

と命じて、突き出された尻を、真藤は舐《な》め廻した。気が済むまで五分もかかった。女の尻は唾液で濡《ぬ》れ光った。

「これだ。一度、やってみたかった……」

呻きと開いた口が同時——女怪《にょかい》の尻にぶつりと二本の牙が突き刺さった。

喉仏《のどぼとけ》がせわしなく上下する。呑み干しているのだ。吸血鬼が女怪の血を、不死者が不死者の血を。

「美味しい?」

不意にエリザベスが訊いた。

「――おまえは? おれの催眠――効かなかったのか?」

愕然と牙を離した真藤へ、

「ここまでさせたのは、貴重な情報をもたらしてくれたからよ。それに、術にかかったのは私じゃないわ」

「なにィ?」

恍惚たる表情が一転――悪鬼そのものに。

朱の瞳の中に、静かな笑みが揺れていた。それは言った。

「今、術を解いてあげる。それ」

真藤は喉と口とを押さえた。彼は血を噴《ふ》いた。エリザベスの血を。それは青黒くオイルの臭いがした。

「私は造られたもの。血もそれに準じる。あなたの魂が得た〝力〟が――不足だったようね」


今や真藤は地べたをのたうつ身であった。その口が、鼻が、青血と白煙を噴いた。

「酸も含まれていると創造主は言った。これから、どうする?」

返事は出口へと走る影であった。

石の栓《せん》が外れ、彼は頭からとび出した。

立ち上がって走り出た。

ふり落ちる血と煙――それがぴたりと停止した。

吸血鬼といえど逃れられない地獄の苦痛は、ひとすじの糸がもたらしたものであった。

廊下の端で、その端を手に幽明《ゆうめい》の光の中に佇《たたず》む世にも美しい影は――言うまでもない、エリザベスの身体に巻きつけた妖糸《ようし》が導《みちび》いた美しいマン・サーチャー――秋せつらであった。

「話は聞いた」

せつらは、のんびりと言った。耳にした者が絶対に真の状況を理解し得ぬ口調であり声であった。

「フランケンシュタインが冥府《めいふ》で創造した最終兵器

「——もう少し詳《くわ》しく聞かせてもらいたい」

美しい魔人は、それは優雅な、目撃者失神の笑みを口元に広げた。

3

領土拡張というのは、為政者《いせいしゃ》と、人民の潜在的な欲望によって実行に移されるものだが、そこに常に戦いが伴《ともな》う。

死は常に勝利するが、生まれ続ける生は、戦いの終焉《しゅうえん》を永遠に拒否し続けている。

死はこの不文律に挑むと決めたらしかった。

〈百人町《ひゃくにんちょう》〉〈大久保〉〈信濃町《しなのまち》〉〈河田町《かわだちょう》〉〈三栄町《さんえいちょう》〉〈荒木町《あらきちょう》〉〈左門町《さもんちょう》〉〈大京町《だいきょうちょう》〉——〈魔界都市〉のあらゆる町で、人々は不意に、ひそやかに、それこそ息をひそめるようにこと切れていった。

壁面自体がスクリーンと化したその壁は、朱色の光点で埋め尽くされていた。日ごと夜ごと、そのうちの幾《いく》つかは消灯するが、必ずそれを凌《しの》ぐ光点が別の場所に生じる。生はなお敗北を認めぬと。このパネルは〈新宿〉の生命《いのち》の数を描き出しているのだった。

昨日から異変が生じた。あちこちに、死者が集中し、虫食い穴のような黒点部が生じはじめたのだ。

「由々《ゆゆ》しき状態ですな、院長」

豪奢なベッドに横たわるメフィストにこう告げたのは、白衣姿の副院長であった。

「死は確実に〈魔界都市〉を蝕《むしば》みつつあります。コンピュータは、この最終時間を明後日《あさって》の午前七時四分と推定いたしました」

「ふむ」

ベッドに横たわる以外、メフィストの返事にも顔色にも変化はない。それを映す副院長の眼にのみ死の影が濃いのだった。

「——ですが、昨夜の深更《しんこう》から、死者は急激に減少しつつあります。その原因ははっきりしておりまし

て、〈戸山住宅〉の住人たちによる吸血行為です」

「死は生者をのみ扱う。不死者は除外されるということだ。たとえ、半端《はんぱ》な不死者でも」

「仰《おお》せのとおりです」

「当院での状況はどうだね？」

「今のところ死者は出ておりません。これは当院の蘇生《そせい》技術によるものと思われます」

「それでやめるなら、侵寇など開始はせん」

副院長はうなずいた。

「死の国でも手を打つに違いありません。生者と不死者とを連れていくために。中途半端を含めてです」

「どんな手だと思うね？」

「不明です。ですが、向こうにはヴィクター・フランケンシュタインが付いたと。〈新宿〉一のマン・サーチャーから聞いていています」

「推《お》して知るべし、というわけか。こちらも手を打たねばならんが、少々時間が足りん」

「どうなさいますか？」

「起こしてもらおう」

「ですが、あと一週間は絶対安静と」

「見たてたのは私だ。間違いは誰にでもある」

「それは――できません」

副院長は無表情に告げた。

「何故だ？」

「患者の意見を聞き入れてはならない――当院の鉄則です」

メフィストの口元をうすい笑いがかすめた。

「よろしい。君の言うとおりだ。では、院長として命じる。再検査を行ないたまえ」

これには異論がないのか、

「承知いたしました」

副院長は、恭《うやうや》しくうなずいた。

メフィストが不意に左胸を押さえた。

「院長!?」

覗き込む副院長へ、

「攻撃再開だ。死は常にそばにある」

「院長」

副院長の声に只《ただ》ならぬ響きがこもった。

真藤はまた水中にいた。

今度は六名の〈戸山住宅〉住人が、潜水スーツを身につけて周りを固め、プール際《ぎわ》でも同数が逃亡を防いでいた。

新たな審判の結果が夜香の口から発せられるまで一〇分足らず。じきに夜が明ける。その前に処分は下されるはずであった。

鈍《にぶ》い響きが、監視員たちを緊張させた。

——おかしい
と吸血鬼の五感が伝えた。確かに何かがいる。だが、ここじゃない。

水中で真藤は瞼《まぶた》を開いた。流れ水による激痛で、視力は失われている。それでも彼は見ようと努めた。

黒い巨大なものが立っていた。その足下にもうひとつ——こちらは尋常《じんじょう》な大きさを保っていた。

——おまえは？

無論、声など出ない。唇の動きによる問いだ。相手はそれを読んだ。

——ヴィクター・フランケンシュタイン。あちらで造り出した新しい生命の力試しに来た。一度、解放してやったのに、女ひとりを自由にもできず、ふたたび捕まった愚《おろ》か者め。今度は役に立て
巨大な影が前へ出た。身長三メートル、異様に太い手足と壁のような胴と顔とを持っていた。

——忘れたか、おれは吸血鬼だぞ。杭なしでは斃《たお》せはしねえや
——それが違うと証明するための実験だ。半生《はんしょう》半死《はんし》の生きもの——私があちらでこしらえたものに斃せるか
巨体が眼の前に立った。

半ば恐怖、半ば自信に満ちた瞳が、その顔を映し

た。

――まさか⁉

真藤の顔が驚愕に歪んだ。

せつらは明け方の坂道を走っていた。道の両側には数百枚の岩の蓋を被《かぶ》せた側溝が走り、蓋の間からは七色の蒸気が立ち昇っている。左右の家々は一軒家も長い屋根の連《つら》なる長屋式住宅も、色とりどりの屋根を持ち、古風な煙突からも、赤、青、紫、白――と千差の煙が、闇と光とが拮抗《きっこう》する夜へとすじを引いていく。

〈高田馬場〝魔法街〟〉であった。

そのうちの一軒――他を圧して古ぼけた、しかし、品格の漂《ただよ》う切妻《きりづま》屋根を広げた家へ、せつらは吸い込まれた。

「朝っぱらから、何だわさ?」

年齢《とし》をわきまえぬ狂人のようなピンクのネグリジェに、だぶだぶの巨軀《きょく》を包んだ女魔道士トンブ・ヌーレンブルクは、眼をこすりながら、肘《ひじ》かけ椅子にかけた。そのかたわらで、こちらは時間に捉われぬ人形娘が、うっとりとせつらを見上げている。

「死の国の侵寇が始まった」

せつらは、淡々《たんたん》と言った。毒息は効果を失っている。天地が逆転しかねない非常事態でも、相手をあわてさせない物言いは健在だ。

「え――っ⁉」

仰天《ぎょうてん》する世界第二の魔道士へ、

「知らなかったのですか?」

軽蔑《けいべつ》の眼を向けたのは人形娘であった。

「ちっとも、だわさ」

「メフィストがダウンした」

とせつら。

「え――っ⁉」

人形娘が俯《うつむ》いた。この主人は、と思った――に違いない。

「こちらも手は打ったけど、決め手に欠ける。敵は最終兵器をこしらえたそうだ」

「何だい、それは？」

「かなり巨《おお》きな生物だそうだ」

「どこのどいつが？」

「ヴィクター・フランケンシュタイン」

トンブは口をつぐんだ。怨《うら》みがましい眼つきを宙に走らせ、

「フランケンシュタインと巨人——まんまじゃないの」

「そのとおり」

せつらはうなずいた。

「その巨体と多少の能力しか情報はない。けれど、フランケンシュタインのモンスターとなれば、世界を破壊し得る。しかも、こしらえたのは死の国の侵略者だ」

「おしまいだわさ」

トンブは呆然《ぼうぜん》とつぶやいた。

「死は生の行き着く果てだわさ。それが牙を剝いたんだったら、もう打つ手がないのだわさ」

頭を抱え、おしまいだ、おしまいだと喚《わめ》きながら、部屋を廻りはじめた。

「おしまいだ、おしまいだ」

「何だい、あれ？」

人形娘に訊くと、

「よくわかりません」

二人の見守る中で、突然、トンブは爆発した。

破片が宙を舞い、みるみる塵《ちり》となって、これも消えた。

「？」

「？」

二人の眼は、廊下の奥からやって来た巨大な影を捉えた。よいしょ、よいしょと掛け声をかけている。

「本物だ」

「偽物でしたか」

納得した二人を尻目に、

「何処《どこ》行ったかと思ったら、居間の方だったかね。試しにこさえた分身だけど、悲観主義者になっちまってね。このまま、いくと、隣近所に自殺奨励《しょうれい》ビラでも配りかねないから処分しなきゃあと思ってたのだわさ。こっちにいたとは思わなかった」

「もう一回聞いてくれ」

せつらはまた切り出した。

「いいともさ」

聞き終えると、トンブは拳を丸めてテーブルを叩《たた》いた。

「死の国がこっちへ侵寇する？　面白いじゃないのだわさ。向こうが好きなだけさらっていくんなら、こっちは幾らでも生み出してやる。勝手な真似《まね》はさせないのだわさ」

「ドクター・メフィストはひっくり返って役に立たない。〈新宿〉全体を防禦《ぼうぎょ》魔力でカバーできるのは、あたいだけだ」

「任しとき」

トンブは胸を叩いた。家ごと揺《ゆ》れた。

「じゃあ、すぐにかかるよ。用意おし」

人形娘が恭しく頭を下げた。


せつらが去ると、トンブは奥の呪術《じゅじゅつ》所へ入った。すぐに呪文《じゅもん》を唱《とな》えはじめた。

巨体の両側に長燭台《しょくだい》が立ち、香料入りの蠟燭《ろうそく》が燃えている。

人間が生まれる以前に、この地を支配していた存在の言語であった。

炎が揺れた。

「むう」

トンブが唸《うな》った。

背後に二つの気配が立っている。片方は尋常だが、もうひとつは凄まじい質量を備えていた。一歩進んだだけで、家中が倒壊しかねない。

「来たね、坊や」

重い問いに、

「お馴染《なじ》みの展開かもしれませんが」

若い学徒の声が応じた。トンブはふり返らず、

「そんなものこさえて、どうするつもりだわさ？」

「邪魔者たちの排除です」

「何日か前は、仲間だったはずだわさ」

「私は生と死の研究に一生を捧《ささ》げて参りました。その結果、生とはいかに虚《むな》しいものか理解したのです。新しい生命など造り出すべきではありませんでした」

「へえ、それにしちゃ、凄いのと一緒にいるじゃあないか」

「これは死そのものです。だからこそ、美しい」

「ふうむ。で、ここで何しようってんだわさ？」

「秋せつらに加担するのはやめていただきたい」

「そうはいかないね」

トンブの答えは簡単明瞭《めいりよう》だった。生と死を極《きわ》めた女魔道士も、生を選んだのだ。

「では、やむを得ません」

ずん、と巨大なものが前へ出た。

トンブが何かつぶやいた。

巨大なものは、その場に片膝をついた。

「死に方を他者に委《ゆだ》ねた愚か者、他《ほか》の手を借りるまでもない。今、ここで引導を渡してくれるだわさ」

トンブはふり返った。

自信に満ちた魔道士の笑みが、凄まじい勢いで凍りついた。

第十章　D・GとFと

1

その日、〈新宿〉は静まり返っていた。

陽光は燦々《さんさん》と降り注ぎ、道を行く人々も車も建物も、はっきりと地上に影を落としている。

それなのに静かだ。死者の国さえ思わせる。

生気がない、と言えば少しは当たっているだろう。生きているのに死んでいる。呼吸《いき》はいつもより浅く早く、巡《めぐ》る血はいつもより冷たく、声は少し小さく、歩幅は短く、歌声は天へ届く途中で消えてしまう。

三つの〈ゲート〉には、二つの出入口に「通行禁止」の札がかかった遮蔽《しゃへい》機が下り、困惑した観光客たちが責任の所在を求めても、永久にわからない。〈区〉の問題は〈区民〉によって解決しなければならないのだとでもいうふうに。

その日の〈新宿〉は、そんな街であった。


その巨人は、何処《どこ》からともなく現われた。目撃者によれば、〈新宿二丁目〉の路地を曲がってきたとも、〈下落合《しもおちあい》一丁目〉の廃ビルから出現したとも言われる。

時間的には午前四時、〈大京町〉の住宅街を襲ったのが、殺戮《さつりく》の第一号とされている。

目撃者は新聞の配達人であった。通りの奥からやって来た巨人が、ある住宅の壁の中へ、音もなく吸い込まれていくのを見た、という彼の声は虚《うつ》ろであった。

すでに先夜《せんや》における奇妙な現象には〈新宿警察〉も気づいていた。〈区民〉たちは、突然の死に襲われるばかりでなく、〝ウェステンラ化〟——つまり、吸血鬼への変貌《へんぼう》の途中——疑似《ぎじ》吸血鬼と化しつつあるのだった。〈戸山住宅〉への一斉《いっせい》捜査も検討されたが、これはせつらからの電話でことなきを得た。

あり得ない現象、あり得ない理由を理解する〝超事態〟への柔軟性がなければ、〈新宿〉の治安は守れないのである。

巨大なるものの殺戮も、その意味で納得はできた。動機も明らか――死に抗《あらが》う者への罰だ。巨人が侵入した住宅地の人々はすべて、不死者もどきの暗い眠りについていている心臓を、木の杭《くい》でベッドごと、畳ごと貫《つらぬ》かれていたのである。

不明はひとつ――犯人の正体であった。


その日の午後遅く――〈メフィスト病院〉へ意外な人物が担《かつ》ぎ込まれた。

トンブ・ヌーレンブルクであった。

「まさか」

冬の氷海に漬《つ》けられていたように冷え切った女魔道士は、しかし、五〇度近い高熱にうなされながら、こう呻《うめ》いた。

「まさか　まさか　まさか」

そして、だぶだぶの顔に不気味な笑《え》みを刻むと、

「……吉と出るか……凶と出るか……死は……すべての生を食らう……が……では……生も死も……」

トンブの生死は不明である。付き添いの人形娘は、その態度から見る限り、患者以外のものを案じているようであった。

ドリアン・グレイは、ひっそりと奥のドアを開けた。

彼のアジトである。窓のカーテンを開ければ、古いヨーロッパの下町を模した街並みが夕闇に沈んでいる。じきにガス灯も点《とも》りはじめるだろう。

〈早稲田〉の一角にひっそりと横たわる〈学生〝モルグ街〟〉――すべてが始まった場所に、彼はもうひとつのアジトを構えていたのだった。無論、別名でだ。不動産屋と交渉したのは、金で雇《やと》った学生であった。現在、ドリアン・グレイの名は、土芽気元三《どめきげんぞう》という。

「ついに来るべき時が来たようだな。生と死の戦い

か。おまえたちは、どっちに付く？」

部屋の中央に立って、彼はぐるりを見廻《みまわ》した。

絵が囲んでいる。

おびただしい数のキャンバスが並んでいる。ほとんどが八号から一〇号。額で飾ったものも、そうでないものもある。

「私はおまえたちの肉体から魂を抜き取り、キャンバスに封印した。それによって、私は不老と不死の力を得る。一〇〇〇度殺されても、一〇〇〇度甦《よみがえ》る。これはどっちだ。私は生きているのか、死んでいるのか？　答えてくれ」

ドリアン・グレイの声は、陰々と肖像画の間を巡《めぐ》った。

一九世紀の貴族らしい服装の紳士と淑女《しゅくじょ》、町娘、平民の若者、酒場女、水夫、無頼漢《ぶらいかん》、洗濯婦、巡査、芸人、遊び人、女学生、白人、黒人、東洋人――美しいものばかりだ。みな耳を澄ましている。

「笑うな」

突然、ドリアンが叫んだ。

「そんな底意地の悪い笑い方をするな。おまえたちは、自分の正体もわかっていないんだ。だが、これだけは確実だ。おまえたちは顔貌《かおかたち》に捉《とら》われず美しい。私の選んだモデルは、単に素材ではないのだ。自分の力を知ったとき、私は美意識に恐らくこう命じたのだ。美しいものだけが、生死を超越する。私は永劫《えいごう》の生命《いのち》を造り、そこから力を得るのだ、と。だからこそ、モデルは美しい者たちでなければならなかった。今、私の生命を狙《ねら》う者がいる。だが、私は不死鳥だ。ここには美が集まっているからだ。死だとて勝てん」

「だといいのですが」

応じた声の主が誰か、すぐにわかった。

「どうしてここが？」

と尋《たず》ねたのも、一種の反射作用によるものであった。

ゆっくりと右方を向いた。

フランケンシュタインが立っていた。

ドリアン・グレイの表情が変わった。

「私の顔に何か？」

と若い学徒は二〇〇年前の姿と声で訊《き》いた。

「何しに来た？　というのは愚問《ぐもん》だな？」

「そのとおりです」

「私は殺せんぞ」

ドリアン・グレイはサングラスを外した。

「私は死そのものです。効果はありません。また、逃れようもありません」

「そいつはわからんな。私には数え切れない生命がついている。それが私をドリアン・グレイと呼ばせてきたのだ」

「生命はいつか、こちらへ来ます」

とフランケンシュタインは言った。

「私はその魅惑に取り憑《つ》かれました。あなたもいらっしゃい」

学徒は右手を上げた。


室内に巨大なものがいるのを、ドリアン・グレイは感じた。

背後だ。何故《なぜ》か彼はふり向かなかった。

「死の魅惑とは確かにこらえ難《がた》いものだ。私にもわかる。あちらを見てしまった人間としては、な。だが、私は生命の素晴らしさも知っている。キャンバスへ封じ込める際の、魂どもの喘《あえ》ぎと抵抗と絶望とによってな。あれこそが生命そのものだ。彼らがある限り、私は――」

「ある限り――それこそ生命に対する表現そのものです。はかない生命に対する、ね」

巨大なものは動かずにいた。だが、その腕が持ち上がるのを、ドリアン・グレイは感覚した。

何かが起こる。いや、もう起きている！

壁に立てかけてあるキャンバスに眼をやった。

眼を見開いた。

消えていく。

美しいものたちの肖像が、暁光《ぎようこう》に溶ける夢のように。

「やめろ。この絵は私の生命だ」

文字どおりそうだ。

フランケンシュタインが嘲笑《ちょうしょう》を放った。

「なら、消してしまえば、あなたの生命も後を追うわけだ」

「…………」

その間も、キャンバスは白地に戻っていく。魂が――生命が消えていく。

「何をする？　何をする、フランケンシュタイン？　医学部の若造風情《ふぜい》に、生命と魂の意味がわかるはずなどない。医学は学問に留《とど》まるのだ」

「こちらの医学なら、或《ある》いは。だが――ふり向いてごらんなさい、ドリアン・グレイ。あなたの言う美しさを破滅させるものの姿を」

やめろ。自分の声が鼓膜《こまく》を揺《ゆ》らし、自分の手が肩にかかった。

「私の美しい魂たち。どんな化物《ばけもの》であろうと、その美は奪えない」

「そのとおりです。だが、否定はできる」

この言葉はドリアン・グレイの口元に軽侮の笑いを浮かべさせただけだった。

「私は世界中を巡り、あらゆる美を探し求めた。そうでないものは、私の生命になり得なかったからだ。否定だと？　笑わせるな。昨日今日、死の世界の奴隷《どれい》になり下がった男が、私をあの世へ連れていく？　笑わせるな」

「こちらを向きなさい」

フランケンシュタインが言った。

「私は、伝説どおり、もう一度、巨人を造り上げた。あちら側の力を得た上で。だから、こちら側とは少し異《こと》なる作品が出来上がった。次は秋せつら。その前があなたです。さあ、ごらんなさい」

「…………」

「わかりますか、ドリアン・グレイ？　この巨人の正体が？　そうか、おわかりですな。だから、見られない。あなたの造り上げた美という名の生命を否定してしまえる存在を」

不意にドリアン・グレイは走った。

窓がある。

頭からとび込んだ。

窓ガラスの彼方《かなた》に消えた身体《からだ》は、一枚のキャンバスを摑《つか》んでいた。

二階であった。ドリアン・グレイは頭から石畳の舗道《ほどう》に叩《たた》きつけられる――はずであった。

空中から飛来した二つの人影が両腕を摑んで上昇し、一〇メートルほど向こうの路上に下ろした。

「君たちは？」

「〈戸山住宅〉の者です。この件が片づくまで護衛をさせていただきます」

ひとりが低く言った。どちらも両眼が紅《あか》く燃えている。

さらに数個の人影が音もなく着地し、破壊された窓を見上げた。

「お行きなさい。後は我々が」

と右腕を摑んだ男が言った。

「塔除《とうじょ》、無杖《むじょう》――お送りしろ。残りはおれに続け」

地を蹴《け》った影たちが、次々と窓から吸い込まれていくのを、ドリアン・グレイは呆然《ぼうぜん》と見送った。

「こちらへ」

二人の男が静かに彼の両腕を取り、静かに、しかし、有無《うむ》を言わせぬ力で空中に浮かばせた。

室内へ入った者は誰ひとり戻らず、その人数と同じ灰の山が残っていたと、後日、出動した〈戸山住宅〉住民のレポートには残っている。

部屋を埋め尽くすおびただしいキャンバスは、数枚を残し、すべて買ったばかりのように真っサラで、染《し》みひとつなかったと、これもレポートにあった。

押し寄せる死といかにして戦う、美しきマン・サーチャー秋せつらと妖女エリザベスよ？

2

二人の戦士は、〈秋人捜し《DSM》センター〉の六畳間にいた。

「やっぱり、ここがいいわ」

　エリザベスは静かに正座して、せつらを驚かせた――ようだ。

「へえ」

「感心しないで。これでも世界中を巡ったのよ。ドリアンを追いかけて」

「この国へも来た」

「何度か。でも、この街はなかったわ」

「それはよかった」

「逆よ」

「は？」

「ここにいる間、私はとても幸せな気持ちでいられる。世界の何処にいるときも、味わったことがないわ。いちばん近いのは、シベリアの冬の村。零下七〇度の吹雪《ふぶき》が荒れ狂っていたわ」

　その中で女は幸せだったという。

「この街には同じものたちが沢山《たくさん》いる。落ち着く場所もなくさまよう呪《のろ》われた魂たちが。それを感じるだけで、私は和《なご》むのよ。ようやく信じられた――ひとりじゃないってね」

　同じような言葉を、せつらは聞いた覚えがあった。いつ、何処で――誰から？　少し考えたが、思い出せなかった。

「お茶でも」

「私が」

　立ち上がったエリザベスは、またせつらを驚かせた――ようだ。

「何処で？」

　キッチンの場所を教えると、姿を消し、五分ほどで現われた。

「お湯を沸《わ》かしてるわ――どうかした？」

「いや」

「おかしな眼で見ないで。お茶の淹《い》れ方なんて、子供の頃、スイスで習ったわ」

「それはそれは」

番茶の淹れ方を習ったとは思えなかったが、口にはしないでおいた。

案《あん》の定《じょう》、出てきたお茶は黒に近い色彩を帯びていた。

「紅茶の淹れ方だ」

つぶやいた。

「え？　違うの？」

「いや」

文句をつける気にもならなかった。

卓袱台《ちゃぶだい》をはさんで向き合うと、向こうが正座をするなら、せつらもせざるを得ない。

お茶を飲んだ。噴《ふ》き出すのをこらえた。

「美味《おい》しくない？」

「いや」

エリザベスは自分でひと口飲《や》って、

「美味しいわ」

「はあ」

「前に、死人の霊と話したことがあるの」

「はあ」

「彼女は味がわからないと言った。あっちの食べものもこっちの飲みものも。何を口に入れても、紙を嚙《か》んでいるみたいだと、ね」

「物を食べるの？」

エリザベスは首を横にふった。

「その必要はないの。でも、ね」

口にしてみたいのか。人間《ひと》の証《あかし》として。その女がか。エリザベス自身がか。

「前は私もそうだった。私は生きてもいないし、死んでもいない。そのせいだと思っていた」

「ふむふむ」

造られた不死者の思いを、この美しい若者は理解しているのかどうか。

「でも、この街へ来てから、少しずつ変わってきたの。肉の舌触りも水の味も。今ではレストランへ行くのがいちばん楽しみ。メニューを見るときは胸が鳴る。注文するときの嬉《うれ》しさといったらないわ」

せつらは手にした湯呑《ゆの》みの中身を見つめた。

エリザベスが笑った。愉《たの》しげな笑いだった。

「これね」

エリザベスは軽く湯呑みを廻して、

「本当は不味《まず》いわ。それもかなり——出し過ぎね」

「…………」

「この街は〝逃れの街〟よ。悪を犯した者、世間から石もて追われた者のために、神が用意してくれた街——私はここで安らぎを得た。そして、理解したって」

——すべてが死を迎えたとき残るのは美しさだけだ
青い瞳の中に、せつらの顔が映っていた。彼女は続けた。

「だから、本当はもうどうでもいいの。ドリアン・グレイへの憎しみも、私に与えた運命に対するものだった。でも、ここへ来て、あなたに会ったときから、憎しみなど些細《ささい》な雑事に変わってしまった。不味い？　微妙な味まではわからないの。ごめんなさい」

「ビミョー？」

それ以上、せつらは口にしなかった。生ける死者にしては、できる限りの努力の成果だったのだ。それくらいは理解したのかもしれない。

「淹れ直す」

二つの湯呑みを取って立ち上がったのも、そのせいだったろう。

新しい湯気の立つ湯呑みからひと口飲んで、

「あら」

エリザベスは眼を見開いた。

「美味しいわ」

「わかる？」

「これくらい美味しければね。やはり、生きてるハンサムの淹れたお茶は違うわね」

「はは。お世辞《せじ》」

「――でも、いいでしょ」

エリザベスは卓袱台を廻ってせつらの左隣《どなり》に来た。

手にした湯呑みを奪い取り、天上の美貌を見つめた。

「こっちを向いて」

「はあ」

エリザベスは顔を寄せてきた。

「この街へ来てよかったと、心の底から思わせて」

「え？」

唇が重なり、すぐに離れた。

「ごめんなさい。冷たかったでしょう？」

せつらは首をふった。

「ぬるかった」

不死者はせつらを見つめた。

嘘《うそ》なのはわかっていた。


「よかった」

エリザベスは、安心したように言った。

「これでお終《しま》い」

小さく言ってから、

「フランケンシュタインは必ずここへ来る。あなたは逃げて」

「そうもいかない」

せつらの声を聞くと、どんな内容でも切迫感を欠くという特徴がある。

「戦える人数は限られてる。このままだと〈新宿〉も世界も奴《やつ》らのものになってしまう」

エリザベスは少し首を傾《かし》げて言った。

「その内容を、その声と表情で言えるなんて凄《すご》いわね」

「何にせよ、手は打った。ただし、効《き》くかどうかはわからない。僕にわかるのは、死の使者が、巨大な存在ということだけだ」

「フランケンシュタインが、また巨人をこしらえる

――どこまでいっても、外さない学生ね」

「全く」

同意したとき、みしり、と家が揺れた。

二人の脇にまさしくその影は立っていた。

三メートルもの全長。太くて錆《さ》びた鎖《くさり》を巻きつけた胴体は壁というより巨大な円筒のようだった。胴体に比べれば単なる丸太としか思えぬ手にも足にも鉄枷《てつかせ》が付き、肘《ひじ》のあたりまでとぐろを巻いていた。六畳間に存在すること自体が不可思議であった。

何故か、せつらもエリザベスも、そちらを向こうとしなかった。

「みな、彼を見ない」

巨体の背後から窮屈《きゅうくつ》そうに現われたフランケンシュタインが、白い歯を見せた。

「あなたたちもだ。勘が働きますか？」

その首が、ずるりと右へずれた。

「おっと」

あわてて元に戻し、

「昔の私なら一巻の終わりでしたかね。凄《すさ》まじい切れ味だ。でも、今は。さあ、一緒に参りましょう。私たちの世界へ」

「私たち？」

エリザベスが嘲笑した。

「死人のゴタクよ。私たちは生きているわ。こちらにちょっかいを出さないで」

「こっちを向け」

フランケンシュタインの声が冷えた。

魔力はその声に含まれているのか、場の力か。無視を決め込んでいた二人の身体が、いま明らかに抵抗の形を示しつつ、巨人の方に動いたではないか。

エリザベスは人工の存在ながら不死身だ。せつらは常人といえど魔人だ。この二人が、自らの意志を失わず、しかし、フランケンシュタインの言葉にしたがって、じりじりと背後の存在へ向き直っていく姿は、妖気さえ帯びた光景であった。

「見ろ、秋せつら。これは何者だ?」

フランケンシュタインが哄笑《こうしょう》を放った。

のけぞるその足下《あしもと》へ、このとき、庭に面した窓ガラスを砕いて投じられたものがある。

「?」

眼をやった学徒の表情が驚きと――恐怖に彩《いろど》られた。

畳の上から見上げているのは、フランケンシュタイン自身の顔であった。

八号キャンバスの上で、それは青い瞳の中に、自《みずか》らの顔さえ映しているのだった。

「これは――ドリアン・グレイ――貴様のしわざか」

フランケンシュタインは、その喉《のど》を掻《か》き毟《むし》った。

突如《とつじょ》、魂を奪われた犠牲者と化したかのように。

三和土《たたき》の奥のドアから三つの影がこぼれた。

夜香の一族二名に守られたドリアン・グレイであった。彼は右手に絵筆を、左手にパレットを摑んで、下を向いている。

何か言おうとしたフランケンシュタインを制して、

「私のモデルの資格を得たと、思い上がるなよ、フランケンシュタイン」

ドリアン・グレイは歯を剝《む》いた。

「これほど私の創作意欲を刺激しないモデルは初めてだ。見ろ、フランケンシュタイン。ドリアン・グレイの実力を。モデルの顔を見ずに描いても、出来映《ば》えはかくの如《ごと》し。感動に打ち震えるがいい。おまえの魂は、今このキャンバスの中にある。最後の筆はいま加えた。この国の言い廻しで言うと、出来たてホヤホヤだ」

彼はせつらを見た。

「望みは叶《かな》えたぞ。奴はいま赤児《あかご》に等しい。お返しに、その女を破壊させてもらおうか」

これはこれで恐るべき要求であった。エリザベスは、しかし、無感情に、

「そんな話もあったわね。望みは叶えてあげるわ、ドリアン・グレイ。けれど、その前にあなたの真の力を見せてごらんなさい。フランケンシュタインを葬《ほうむ》り去れるほどの。私をどうこうするのは、それからの話よ」

「もう見せつけている。死を超越しながら、死の国に魅入られた憐《あわ》れな男よ。ドリアン・グレイのキャンバスの中で永劫にさまようがいい」

勝ち誇った声が、不意に切れた。

巨大なるが故《ゆえ》に、動きを忘れていたかのような影が、右手を持ち上げたのだ。触れ合った鎖が、じゃらじゃらと音を立てた。

「ほお」

とせつらが洩《も》らした。エリザベスの眉《まゆ》が寄った。

ドリアン・グレイも気づいた。

巨人はフランケンシュタインの肖像画を見つめた。

絵の顔は輪郭《りんかく》を失い、色彩も薄れて白いキャンバス地を露《あらわ》にしつつあった。

「ドリアン・グレイ——エリザベス——所詮《しょせん》は生と死の境界をさまよう、どっちつかずの存在さ」

若き医学生の声には、満々たる自信が甦《よみがえ》っていた。

「平凡な生者を凌《しの》ぐ力を備えていようと、死の手を逃れることはできん。秋せつらよ、凡人のおまえは言うまでもないぞ。ドリアン・グレイよ、まず、おまえがこちらを見ろ」

「やめろ」

彼は首を後方にねじ向けた。

それが徐々に戻っていく。フランケンシュタインの隣——六畳間を占拠する巨大なる存在の方へ。

「よせ、フランケンシュタイン。私は恐ろしい」

ドリアン・グレイの声は悲鳴に近かった。

3

突然、その両眼に横ひとすじの一線が走った。彼のみならず、エリザベスの眼も。それが鮮血の帯と化して面《おもて》を覆《おお》ったとき、驚きの声を放ったのはフランケンシュタインであった。

「――何を――」

言ったきり息を引いたのは、死者にとっても予想外の蛮行《ばんこう》だったのだ。

「眼は治るよ」

せつらの声は遠く聞こえた。

「彼女も連れていけ」

夜香の一族が、半顔を朱色に染めて立ち尽くす二人の腕を引いて戸口へと下がる。

「見ろ、せつら」

フランケンシュタインの声は、もう落ち着いていた。

「やだね」

この瞬間、せつらは巨人へ妖糸を放ったのだ。

一〇〇〇分の一ミクロン――あり得ない太さのチタン鋼の糸は、鎖の鎧《よろい》ごと巨体を十文字に切断するはずであった。

確かに断《た》った。

だが、水のような手応《てごた》えは巨人の無事を伝え、せつらは破壊された窓へと走った。

頭からとび出した身体が、ふわりと跳《は》ね上がって地に下りた。妖糸の発条《スプリング》だ。

その前方に、音もなく巨大なものが立ち塞《ふさ》がった。

巨人であった。

うなりをたてる鎖を、わずかに身を丸めただけで躱《かわ》し、せつらは眼を閉じた。

後は勘の世界だ。

敵は神出鬼没《しんしゅつきぼつ》だ。死霊《しりょう》に等しい。

逃げられるか？　不可能だ。

ひとつだけ、あった。

鎖が風を切った。

せつらは眼を開けた。

眼の前にいた。

その顔を――見た。

せつら自身の顔を。

ドリアン・グレイの集めた美しさ――そのすべてを否定できる、とフランケンシュタインは言った。死の国の技術をもって、彼は、せつらの顔をこしらえてしまったのだ。

せつらはよろめいた。

どちらが勝つ？　生か死か？

意識が薄れていく。

不意に戻った。星を抱く〈秋人捜し《DSM》センター〉の庭に、せつら以外の影はなかった。

すぐ先の通りを乗用車が通り過ぎた。

突然の消失が、敵の余裕でないのはわかっていた。別の力が働いたのだ。


やや虚ろな美貌が、やや虚ろに宙を仰《あお》いで、

「誰？」

ぼんやりと訊いた口調は、いつもの茫洋《ぼうよう》たる人捜し屋のものであった。


「おかしなことがあるものだな」

そんなことには慣れっこのはずの医師たちが、顔を見合わせてうなずいた。

手術室には二つのベッドが並んで置かれていた。双方からの申し出によるものであった。

片方は標準サイズだが、片方は三倍もあり、急を要するため、特大のベッドを二つ並べて間に合わせる始末だった。

「呼吸がぴたりと重なったときだ。病院が消滅するのかと思ったよ」

「何ですかな、あのパワーは？」

勤務して二カ月足らずの医師は、自分の言葉がもたらした全員からの注視に、思わず口をつぐんだ。

その瞬間に生じた不可思議なパワーは何処へ行ったのか？　それは知らぬまま、彼には眠り続ける二人の患者から生じた力が、生そのものの結晶としか思えなかったのである。

そして、一〇分と経《た》たぬうちに、病院は新たな患者を迎え入れることになる。


せつらに付き添ったのは、エリザベスであった。

彼を見て驚く顔見知りの看護師に、

「死にかかっているわ。院長にお願いして」

「それが――」

ドクター・メフィストも、トンブ・ヌーレンブルクともども心臓の緊急手術を受けて絶対安静だと告げられ、エリザベスはかろうじて立っているせつらへ、

「希望は？」

と訊いた。

「メフィストがいないなら、いいや。家へ帰る」

「子供みたいなこと言わないで――入院させてください」

一も二もなく看護師は承諾し、ＶＩＰルームが用意された。

「顔ねえ」

少し呆《あき》れたようなエリザベスの前で、せつらは崩れ落ちた。


夜明けまで、エリザベスはせつらに付き添っていた。一睡《いっすい》もしなかった。する必要もなかった。

カーテンの隙間から淡い光が流れはじめたとき、女は部屋を出て、ある病室に辿《たど》り着いた。案内は必要としなかった。

ノックもせず、ドアを開けた。鍵《かぎ》はかかっていない。凄まじい咆哮《ほうこう》が叩きつけられた。

ソファにかけた白い影の隣のベッドに、小山のような巨体が横たわっている。咆哮はそこからした。鼾《いびき》であった。

「トンブという魔道士だ」

と白い影——ドクター・メフィストは、少し嫌そうに紹介した。

「ガオーガオーと聞こえるわね」

「鼾にも性格が出るらしい」

「重態だと聞きましたが」

「そのとおりだ」

嘘はなさそうだが、どうしてもそうは見えなかった。

「彼は病室にいます。死にかかっているわ。フランケンシュタインの攻撃はじきに始まります。後はよろしく」

「君はどうするね？」

「あの人を守るためにできることをします」

「ここにいたまえ」

「時間がないわ。望みは彼ひとりだけ——そんな気がします。幸運を祈ってください」

「幸運を」

とメフィストは言った。

エリザベスはせつらの病室に戻った。

眠っている。見る限りでは安らかな眠りだった。

少しその顔を見つめてから、

「さよなら——〈新宿〉さん」

と声をかけた。返事はない。

「とてもいい街だった。私みたいな女でも、自由に伸び伸びと生きていける街だった。いつまでもいたかったけど、行くわ。私、どっちかというと死のほうに近いのよ。もしも、院長の治療が効果を上げたら、この街を守って。生者も死者も妖物《ようぶつ》も」

せつらが眼覚めたのは、それから三〇分ほど後であった。

誰もいなかった。

せつらは病院を出た。誰も彼に気づかぬように見えた。

タクシーを停《と》めて、

「〈早稲田〉――〈モルグ街〉」

と告げた。

途中で二件、事故現場を目撃した。

「昨日は一〇件、今日はこれでもう四件見たよ。ニュースだと運転手も客もみな死んでるが、事故を起こす前に心臓麻痺《まひ》を起こしたらしいってよ。そんな莫迦《ばか》な話があるもんか。きっと死神に憑《つ》かれちまったんだぜ」

運転手は総毛立《そうけだ》っていた。彼も〈区民〉のひとりだ。この程度の怪奇現象なら鼻の先で笑えば済む。それが震え上がっていた。


〈学生〝モルグ街〟〉は、陽光の下に古風な家並みを絵画のように沈めていた。

〈早稲田通り〉口から入ったところで、忽然《こつぜん》とドリアン・グレイが現われ、

「エリザベスが来た」

と言った。

返事はない。

ドリアン・グレイもそれ以上は言わなかった。代わりに、

「まだ絵が少し残っている」

と言った。それが引きつけるのか、エリザベスを、せつらを、そして、フランケンシュタインを。

せつらは二階へ上がった。絵の具の匂《にお》いを含んだ空気の中で、階段はひどくきしんだ。

アトリエのドアは開いていた。

「来るな」

ドリアン・グレイに告げて、入った。

白いキャンバスが積まれ、並んでいた。

部屋の真ん中まで行って、せつらはふり返った。

あの二人が立っている。

せつらの顔が、三メートルの高みからせつらを見下ろしている。

「これまで何万人もの画家が、おまえを描いたと聞

いている」

フランケンシュタインは笑顔を見せた。

「誰ひとり完成の筆をおくことはなく、絵もすべて崩れ溶けたことも聞いている。私の作品は無事だ」

「だといいが」

せつらは自分の顔を見つめた。

「今度は逃げられないぞ。やれ」

フランケンシュタインが巨人を見た。

どぉんと前へ出た。

その美貌に魅入《みい》られたものは、ことごとく死の世界へ持っていかれる。

「すぐに――」

フランケンシュタインが言葉を呑み込んだ。

せつらが俯いたのである。

顔が上がった。

フランケンシュタインもその瞬間、わかった。

せつらの顔は同じだ。何ひとつ変わっていない。

だが――何かが変わった。


「おまえは――」

フランケンシュタインの声は震えていた。彼は知らなかったのだ。

「――違う」

「私と会ってしまったな」

と秋せつらは言った。

フランケンシュタインは悪戯《いたずら》を大人に見つけられた子供のように後じさった。必死に唇を動かした。

「何と美しい――だが――だが――人間だ。消してしまえ」

「わからない」

とせつらは返した。人間の否定か？　それとも――美しさか？

「それはわからない。私にも、な」

巨人の胴の上で、せつらの顔が見下ろしていた。

部屋には朝の光がさし、どこかひなびた空気を背景に、キャンバスも巨人も美しい若者も、一枚の絵画のように見えた。

生と死の交錯《こうさく》は、それを匂わす漂《ただよ》いもなく終焉《しゅうえん》を迎えたのか。

がっくりとせつらが片膝を折った。

同時に巨人も、その材料となった肉や腱《けん》や臓腑《ぞうふ》と化して床にわだかまった。その顔は消えていた。

「生者が死に勝ったか。いや、秋せつらしか知らぬ彼自身の美しさが……」

呆然たるフランケンシュタインの呻《うめ》きを、ドリアン・グレイは聞いた。

「だが、私は残っているぞ。ドリアン・グレイよ。生と死の決着を絵にするがいい」

白い空気から急速に何かが抜けていった。世界中の人間の息吹《いぶき》が。生気であった。

「秋せつらよ、私の世界へ来い」

彼は片膝をついたまま動かぬ美影身《びえいしん》へと歩き出し、三歩で止まった。

今のせつらは何者なのか？「僕」ではない。

「私」は相討ちに斃《たお》れた。フランケンシュタインの前にいるのは美しき脱《ぬ》け殻《がら》か。

いや。

彼は立ち上がった。外のドリアン・グレイは銅鑼《どら》の響きを聞いたような気がした。最終戦争の開幕を告げるヴァルハラの銅鑼を。彼は中へ入った。

「……まさか……こんな……」

フランケンシュタインはせつらを見ていない。その上方を見上げている。何もいない空間を。

「おまえは……おまえは何者だ……秋せつらよ……何と……何と美しい……」

それに応じる声はなかった。それなのに、天の彼方《かなた》から降ってきたかのように、ドリアン・グレイもまた、上空を見つめた。

何がいる？　何を見た？　何を聞いた？　第三の人格か？　秋せつらの？

ドリアン・グレイは眼を閉じた。

悲鳴がひとつ聞こえた——かもしれない。

すぐに眼を開いたとき、ドリアン・グレイは、白い陽《ひ》ざしを浴びて立つ黒衣《こくい》の若者が、ずっとひとりでそこにいたような気がした。
やがて、黒い影がドアの方へ歩き出した。
「君は——何者だ？」
ドリアン・グレイは訊いた。
返事はまたない。
「描かせて——」
ドリアン・グレイは口をつぐんだ。その先は永久に言えないことがわかっていた。
何者だ？　せつらも知るまい。ただ——美しさだけが残っていた。
せつらは部屋を出た。どのせつらかは——謎のまま。
それから、〈区民〉の夢に、頻繁《ひんぱん》に現われる顔があった。
金髪の学生ふうの若者と。
同じく金髪の画家と。
長い髪と青い瞳の娘と。
世にも美しい黒衣の若者と。
みな美しい。
だが、夢見た者たちは、眼覚めて哀《かな》しげに首をひねる。頰《ほお》には涙が光っている。
美しい者たちが、生者か死者か、どうしてもわからないのだった。

〈注〉本書は月刊『小説NON』誌（祥伝社発行）二〇一五年五月号から九月号まで、「D・Gの肖像画」と題し掲載された作品に、著者が刊行に際し、加筆、修正したものです。
編集部

あとがき

奇妙な話を手がけてしまった。執筆中も、完成してからも、その印象から抜けられない。原因はあるのだが、それを口にするのも困りものだ。

しかし、フランケンシュタインとドリアン・グレイか。うーむ。

私はこの二人をどう扱うつもりだったのだろうか。書き終えても、倫敦《ロンドン》の深い霧の中にいるようだ。

ひょっとしたら、胸ときめかせる異形《いぎょう》の人々が闊歩《かっぽ》していたあの時代のあの街を、〈新宿〉で再現したかったのかもしれない。

彼ら――ドリアン・グレイやフランケンシュタイン（彼は時代が違うが）を別にしても、かの殺人鬼切り裂きジャック、薬愛好者ジキル博士とハイド氏、名探偵シャーロック、そして、トランシルヴァニアよりの来訪者吸血鬼ドラキュラ伯爵《はくしゃく》――一堂に会した彼らを同じ舞台で活躍させたいと考えなかった作家はゼロに近いだろう。

私もそのひとりであった。

だから、ドラキュラ対ホームズ、切り裂きジャック対ホームズ、火星人対ホームズ等々の作品に胸ときめかせてきた。

ところが、ドリアン・グレイとジキルとハイド、フランケンシュタインはないのである。

ホームズは探偵という職業上、どんな相手も受け入れられるのはわかる。

切り裂きジャック、おーけい。火星人――おーけい？　なら、ドリアン・グレイもフランケンシュタインもジキルとハイドもいいのではないか？　ジキルとハイドの二重人格の謎など実にスリリングな種明かし劇になりそうだ。ドリアン・グレイだとて、朽《く》ちていく肖像、時の流れにも変わらぬ画家――これだけで、犯人を指摘できるだろうと考えるとゾクゾクする。

ホームズとは限らない。切り裂きジャックに襲われながらも平然たるドリアン・グレイを見たらドラキュラが、自分だけが不死者ではないのかと、その謎を探《さぐ》る探偵と化したり、フランケンシュタインが新しいモンスターを造り出し、これが殺人狂で、仕事がしづらくなった切り裂きジャックが、医学者ジキル博士の力を借りて捕らえようとする――ガス灯と霧の中、展開される一大ロマンだと思うが、どうだろう？　〈新宿〉の〈学生〝モルグ街〟〉も、まだまだ活躍の場はありそうだ。

今回のドリアン・グレイもフランケンシュタインも、勿論《もちろん》、ご先祖に負けてはいない。

生と死の世界をさまよいながら、実に個性豊かな活躍を見せる。
〈魔界都市〉の化身《けしん》——秋《あき》せつらもドクター・メフィストも顔色なしである。
いつかまた、彼らが〈——モルグ街〉の住人になる日を愉《たの》しみに待とう。

二〇一五年八月末
「ドリアン・グレイ」（二〇〇九）を観《み》ながら

菊地秀行

屍皇帝

ノン・ノベル百字書評

キリトリ線

なぜ本書をお買いになりましたか（新聞、雑誌名を記入するか、あるいは○をつけてください）

- □（　　　　　　　　　　　　　）の広告を見て
- □（　　　　　　　　　　　　　）の書評を見て
- □ 知人のすすめで
- □ タイトルに惹かれて
- □ カバーがよかったから
- □ 内容が面白そうだから
- □ 好きな作家だから
- □ 好きな分野の本だから

いつもどんな本を好んで読まれますか（あてはまるものに○をつけてください）

●**小説**　推理　伝奇　アクション　官能　冒険　ユーモア　時代・歴史　恋愛　ホラー　その他（具体的に　　　　　　　　）

●**小説以外**　エッセイ　手記　実用書　評伝　ビジネス書　歴史読物　ルポ　その他（具体的に　　　　　　　　）

その他この本についてご意見がありましたらお書きください

最近、印象に残った本をお書きください		ノン・ノベルで読みたい作家をお書きください	

1カ月に何冊本を読みますか	冊	1カ月に本代をいくら使いますか	円	よく読む雑誌は何ですか	

住所					
氏名		職業		年齢	

あなたにお願い

この本をお読みになって、どんな感想をお持ちでしょうか。

この「百字書評」とアンケートを私までいただけたらありがたく存じます。個人名を識別できない形で処理したうえで、今後の企画の参考にさせていただくほか、作者に提供することがあります。

あなたの「百字書評」は新聞・雑誌などを通じて紹介させていただくことがあります。その場合はお礼として、特製図書カードを差しあげます。

前ページの原稿用紙（コピーしたものでも構いません）に書評をお書きのうえ、このページを切り取り、左記へお送りください。祥伝社ホームページからも書き込めます。

〒一〇一―八七〇一
東京都千代田区神田神保町三―三
祥伝社
NON NOVEL編集長　辻　浩明
☎〇三（三二六五）二〇八〇
http://www.shodensha.co.jp/bookreview/

NON NOVEL

「ノン・ノベル」創刊にあたって

「ノン・ブック」が生まれてから二年一カ月、ここに姉妹シリーズ「ノン・ノベル」を世に問います。

「ノン・ブック」は既成の価値に〝否定《ノン》〟を発し、人間の明日をささえる新しい喜びを模索するノンフィクションのシリーズです。

「ノン・ノベル」もまた、小説《フィクション》を通して、新しい価値を探っていきたい。小説の〝おもしろさ〟とは、世の動きにつれてつねに変化し、新しく発見されてゆくものだと思います。

わが「ノン・ノベル」は、この新しい〝おもしろさ〟発見の営みに全力を傾けます。

ぜひ、あなたのご感想、ご批判をお寄せください。

昭和四十八年一月十五日

NON・NOVEL編集部

NON・NOVEL —1027

魔界都市《まかいとし》ブルース　屍皇帝《しこうてい》

平成27年10月20日　初版第1刷発行

著　者　菊《きく》地《ち》秀《ひで》行《ゆき》
発行者　竹内和芳
発行所　祥《しょう》伝《でん》社《しゃ》
〒101-8701
東京都千代田区神田神保町 3-3
☎ 03(3265)2081(販売部)
☎ 03(3265)2080(編集部)
☎ 03(3265)3622(業務部)
印　刷　萩原印刷
製　本　関川製本

ISBN978-4-396-21027-4　C0293

Printed in Japan

祥伝社のホームページ・http://www.shodensha.co.jp/

長編サスペンス　**陽気なギャングが地球を回す**　伊坂幸太郎

長編サスペンス　**陽気なギャングの日常と襲撃**　伊坂幸太郎

長編サスペンス　**陽気なギャングは三つ数えろ**　伊坂幸太郎

長編伝奇小説　**新・竜の柩**　高橋克彦

長編伝奇小説　**霊《たま》の柩**　高橋克彦

長編歴史スペクタクル　**奔流**　田中芳樹

長編歴史スペクタクル　**天竺《てんじく》熱風録**　田中芳樹

長編新伝奇小説　**夜光曲**　薬師寺涼子の怪奇事件簿　田中芳樹

長編新伝奇小説　**水妖日にご用心**　薬師寺涼子の怪奇事件簿　田中芳樹

長編新伝奇小説　**海から何かがやってくる**　薬師寺涼子の怪奇事件簿　田中芳樹

サイコダイバー・シリーズ①～⑫　**魔獣狩り**　夢枕　獏

サイコダイバー・シリーズ⑬～㉕　**新・魔獣狩り**〈全十三巻〉　夢枕　獏

長編超伝奇小説　新装版　**魔獣狩り外伝**　聖母隠陀羅・美空曼陀羅　夢枕　獏

長編超伝奇小説　新装版　**新・魔獣狩り序曲**　魍魎の女王　夢枕　獏

長編新格闘小説　**牙鳴り**　夢枕　獏

長編超伝奇小説　**魔海船**〈全三巻〉　菊地秀行

マン・サーチャー・シリーズ①～⑬　**魔界都市ブルース**〈十三巻刊行中〉　菊地秀行

魔界都市ブルース　**青春鬼**　菊地秀行

魔界都市ブルース　**闇の恋歌《こいうた》**　菊地秀行

魔界都市ブルース　**妖婚宮《ようこんきゅう》**　菊地秀行

魔界都市ブルース　**〈魔法街〉戦譜**　菊地秀行

魔界都市ブルース　**狂絵師サガン**　菊地秀行

魔界都市ブルース　**美女祭綺譚**　菊地秀行

魔界都市ブルース　**虚影神**　菊地秀行

魔界都市ブルース　**屍皇帝《しこうてい》**　菊地秀行

長編超伝奇小説　ドクター・メフィスト　**夜怪公子《やかいこうし》**　菊地秀行

長編超伝奇小説　ドクター・メフィスト　**若き魔道士**　菊地秀行

長編超伝奇小説　ドクター・メフィスト　**瑠璃魔殿《るりまでん》**　菊地秀行

長編超伝奇小説　ドクター・メフィスト　**妖獣師ミダイ**　菊地秀行

長編超伝奇小説　ドクター・メフィスト　**不死鳥街**　菊地秀行

魔界都市迷宮録　**ラビリンス・ドール**　菊地秀行

魔界都市プロムナール　**夜香抄《やこうしょう》**　菊地秀行

トラベル・ミステリー 十津川班捜査行 わが愛 知床《しれとこ》に消えた女 西村京太郎

長編推理小説 十津川警部捜査行 外国人墓地を見て死ね 西村京太郎

トラベル・ミステリー 十津川警部捜査行 宮古《みやこ》行「快速リアス」殺人事件 西村京太郎

長編推理小説 生死を分ける転車台 天竜浜名湖鉄道の殺意 西村京太郎

トラベル・ミステリー 十津川警部捜査行 カシオペアスイートの客 西村京太郎

長編推理小説 十津川警部捜査行 SL「貴婦人号」の犯罪 西村京太郎

トラベル・ミステリー 十津川直子の事件簿 西村京太郎

長編推理小説 九州新幹線マイナス1 西村京太郎

トラベル・ミステリー 十津川警部 怪しい証言 西村京太郎

長編推理小説 十津川警部 哀しみの吾妻《あがつま》線 西村京太郎

推理小説 十津川警部 悪女 西村京太郎

長編推理小説 十津川警部 七十年後の殺人 西村京太郎

トラベル・ミステリー 十津川警部 裏切りの駅 西村京太郎

長編推理小説 十津川警部 絹の遺産と上信電鉄 西村京太郎

長編本格推理小説 愛の摩周湖殺人事件 山村美紗

長編山岳推理小説 奥多摩殺人溪谷 太田蘭三

長編山岳推理小説 殺意の北八ヶ岳 太田蘭三

長編推理小説 闇の検事 太田蘭三

長編推理小説 顔のない刑事〈全十九巻〉 太田蘭三

長編推理小説 摩天崖《まてんがい》 警視庁北多摩署特別出動 太田蘭三

長編本格推理小説 終幕《フィナーレ》のない殺人 内田康夫

長編本格推理小説 志摩《しま》半島殺人事件 内田康夫

長編本格推理小説 金沢《かなざわ》殺人事件 内田康夫

長編本格推理小説 喪《うしな》われた道 内田康夫

長編本格推理小説 鯨の哭《な》く海 内田康夫

長編推理小説 棄霊島《きれいじま》 上下 内田康夫

長編推理小説 還《かえ》らざる道 内田康夫

長編推理小説 汚《よご》れちまった道 内田康夫

長編旅情推理 笛吹川殺人事件 梓林太郎

長編旅情推理 紀の川殺人事件 梓林太郎

長編旅情推理 京都 保津川殺人事件 梓林太郎

長編旅情推理 京都 鴨川殺人事件 梓林太郎

NON NOVEL

長編旅情推理　日光 鬼怒川殺人事件　梓林太郎
長編旅情推理　神田川殺人事件　梓林太郎
長編旅情推理　金沢 男川女川殺人事件　梓林太郎
長編旅情ミステリー　石見《いわみ》銀山街道殺人事件　木谷恭介
長編推理小説　京都鞍馬《くらま》街道殺人事件　木谷恭介
長編推理小説　棟居刑事の一千万人の完全犯罪　森村誠一
長編本格推理　緋色の囁《ささや》き　綾辻行人
長編本格推理　暗闇の囁き　綾辻行人

長編本格推理　黄昏《たそがれ》の囁き　綾辻行人
ホラー小説集　眼球綺譚《きたん》　綾辻行人
長編本格推理　一の悲劇　法月綸太郎
長編本格推理　二の悲劇　法月綸太郎
本格推理コレクション　しらみつぶしの時計　法月綸太郎
長編本格推理　黒祠《こくし》の島　小野不由美《ふゆみ》
長編本格推理　紅《べに》の悲劇　太田忠司
長編本格推理　藍《あい》の悲劇　太田忠司

長編本格推理　男爵《バロン》最後の事件　太田忠司
長編ミステリー　幻影のマイコ　太田忠司
長編ミステリー　警視庁幽霊係　天野頌子《しょうこ》
長編ミステリー　恋する死体 警視庁幽霊係　天野頌子
連作ミステリー　少女漫画家が猫を飼う理由《わけ》 警視庁幽霊係　天野頌子
連作ミステリー　紳士のためのエステ入門 警視庁幽霊係　天野頌子
長編ミステリー　警視庁幽霊係と人形の呪い　天野頌子
長編ミステリー　警視庁幽霊係の災難　天野頌子

長編本格推理　扉は閉ざされたまま　石持《いしもち》浅海《あさみ》
長編本格推理　君の望む死に方　石持浅海
長編本格推理　彼女が追ってくる　石持浅海
本格推理小説　わたしたちが少女と呼ばれていた頃　石持浅海
サイコセラピスト探偵 波田煌子シリーズ〈全四巻〉　なみだ研究所へようこそ!　鯨統一郎
長編本格歴史推理　親鸞《しんらん》の不在証明　鯨統一郎
本格歴史推理　空海 七つの奇蹟　鯨統一郎
天才・龍之介がゆく!シリーズ〈十二巻刊行中〉　殺意は砂糖の右側に　柄刀《つかとう》 一《はじめ》